馆【双色版】

太平广记

［宋］李昉等◎编

冯慧娟◎选编

辽宁美术出版社

图书在版编目（CIP）数据

太平广记 /（宋）李昉等编 ; 冯慧娟选编 . -- 沈阳 :
辽宁美术出版社 , 2019.6

（众阅国学馆）

ISBN 978-7-5314-8372-4

Ⅰ . ①太… Ⅱ . ①李… ②冯… Ⅲ . ①笔记小说—小
说集—中国—北宋 Ⅳ . ① I242.1

中国版本图书馆 CIP 数据核字 (2019) 第 117975 号

出 版 社：辽宁美术出版社
地　　址：沈阳市和平区民族北街 29 号　邮编：110001
发 行 者：辽宁美术出版社
印 刷 者：三河市燕春印务有限公司
开　　本：787mm×1092mm　1/32
印　　张：5
字　　数：100 千字
出版时间：2019 年 6 月第 1 版
印刷时间：2019 年 6 月第 1 次印刷
责任编辑：童迎强
装帧设计：新华智品
责任校对：郝　刚
ISBN 978-7-5314-8372-4

定　　价：25.00 元

邮购部电话：024-83833008
E-mail：lnmscbs@163.com
http : //www.lnmscbs.cn
图书如有印装质量问题请与出版部联系调换
出版部电话：024-23835227

前言

　　《太平广记》是宋代初年由李昉、徐铉、王克贞等十二人奉宋太宗的命令编纂的，成书五百卷，目录十卷，于太平兴国三年（978）完成，是一部上起两汉下至北宋初年的短篇小说的总集，因为在宋太平兴国年间著成，又与《太平御览》同时编纂，所以称为《太平广记》。全书分九十二大类，征引书籍已经无法精确统计了。

　　《太平广记》，它的最大特点就是"广"。一是从六朝到宋初的小说几乎全部在内。二是精怪、鬼神、和尚、道士，一类一类分得很清楚，聚得很多。宋、元、明三代的短篇白话小说和南戏北剧，有不少篇章是从这里演变出来的。本次出版的为白话精选本，目的是让读者明白晓畅，一读为快。我们选录时：首先选录原书中内容较好、故事生动、艺术性较高的作品；其次选录故事性虽然不够强，但知识性较为突出的作品；最后选录内容无害而趣味性、艺术性较为突出的作品。我们在翻译过程中，在忠于原作内容和风格的基础上，力求译文通顺、生动。由于水平有限，欢迎读者批评指正。

目录

太平广记

目录

太平广记

目录

太平广记

目录

太平广记

〇〇四

老子

　　老子姓李，名重耳，字伯阳，是春秋时期楚国苦县曲仁里的人。传说他的母亲有一次看见空中大流星飞过后就有了身孕。由于是上界的神灵之气出现在李家，所以老子生下后姓李。有人说，老子生于开天辟地之前，是天的精灵神魄，自然就是神灵了。又有人说，老子的母亲怀了他七十二年才剖开左腋生下了他，他一出生就是白发苍苍，所以才叫老子。有人说，老子的母亲没有丈夫，老子是随母亲娘家而姓李的。也有人说，老子的母亲碰巧是在李树下生了老子，老子一出生就能说话，指着李树说："就用它做我的姓吧。"还有人说，老子在上三皇时是玄中法师，下三皇时是金阙帝君，伏羲氏时是郁华子，神农氏时是九灵老子，祝融时是广寿子，黄帝时是广成子，颛顼时是赤精子，帝喾时是禄图子，尧时是务成子，舜时为尹寿子，夏禹时是真行子，殷商时是锡则子，周文王时是文邑先生。还有一种说法，说老子是文王的守藏史。有的说，老子在越国就是范蠡，在齐国就是鸱夷子，在吴国就是陶朱公。这些传说在各种书籍中都有记载，但都不是出自神仙经书的正式传记中，没有什么依据。晋代的道学大师葛洪（字稚川，号抱朴子）曾说："我认为，老子如果真是上天的精灵神人，就会世世代代都出现在人间，放弃他尊贵的身份，混迹于凡夫俗子之中，专门从事人间辛劳的工作，背离神界的清明高洁而进入人间的庸俗龌龊，抛弃天界的官位而接受人间的封爵。自有天地以来就有道术，修炼道术的人更是从来没有间断过。从伏羲以来，到夏、商、周三代，著名的道家世代都有，何止老子呢？这都是因为后来的一些学道的人为了推崇老子而夸大其词，才编造了那些奇闻异说以耸人听闻罢了。实事求是地说，老子就是在研究道学上成果最突出的一个人，而绝不是什么神仙异类。"根据《史记》上记载，老子的儿子叫李宗，在魏国做过将军，由于有功被封邑在段干（地名）。李宗的儿子是李汪，李汪的儿子是李言，李言的玄孙是李瑕，在汉朝做过官。李瑕的儿子李解，当过胶西王的太傅，家在齐国。老子本人十分聪慧机灵，所以有些浅薄的道士想把老子描绘成神仙，好让后代人更崇拜他、学习他。殊不知这样一来使得普通的人更认为老子是长生不老的神仙，根本学不了。为什么呢？因为如果说老子只是个得了道的凡人，人们一定会向他学习；如果说老子生来就是神仙，人们会望而生畏，不知从何学起了。据说老子要出关到西方去，守关的令尹名叫喜，知道老子不是一般人，就向他问道术。老子听了又惊又怪，竟吐出舌头来半天没收回去，从此才有了"老聃"这个称号。其实这个说法不对。根据《九变》及《元生十二化经》的记载，老子没进关时已经有了"老聃"这个别号了。老子改过好几次名字，不仅是一个"聃"字而已。他之所以改名，是根据《九宫》《三五经》《元辰经》上说的，人这一生会有几次命运中的坎坷，每到一个"坎儿"即将来到的时候，如果能改一下名字，以顺应运气的变化，就可以平安消灾、延年益寿。现在一些有道术的人，也常常这样做。

老子在周朝活了三百多年，这么长的时间里，必然会有多次的厄运坎坷，所以老子改名的次数也就必然多了些。如果想准确地考证确定老子的生平，还是应该以史书上的正式记载为主，并参考一些神仙的经传秘文。其他一些世俗的传说大都很荒诞，不可相信。葛洪按《西升中胎》及

《复命苞》和《珠韬玉机》《金篇内经》等典籍上的记载说，老子皮肤黄白，眉毛很美，额头宽阔，耳朵很长，眼睛很大，牙齿稀疏，四方大口，嘴唇很厚。他的额头有十五道皱纹，额角两端似有日月的形状。他的鼻子很端正，有两根鼻骨，耳朵上有三个耳孔。他一步可跨一丈，双手上有十道贵人的纹路。周文王时，老子做守藏史；武王时，他还担任柱下史（相当于秦汉的御史），人们看他如此长寿，就称他为"老子"。凡是受命于天的人，必然是通达灵异的人，他的禀赋气质也与平常人不同，这样的人理所当然成为道家的首领，也自然会得到天神的佑助和神仙的呵护。老子济助世人的法术有九种丹八种石，有金酒、金液等仙药，此外，以"玄之又玄，众妙之门"的玄学修养心性，运气炼身，消灾辟邪，清除鬼魅，并有不食五谷、超脱变化之法，有符咒教戒、驱使鬼魅之法。老子的道术共有九百三十卷，符书七十卷，这些都在他的著作中详载，有目录可查。凡不在他著作中的，都是后来的道士们私自增添的，并不是老子本人的著作。老子为人清心寡欲，专心致志修炼长生之道。所以他在周朝虽然时间很久，但在官位上没有什么升迁，他始终与世无争。他效法自然，道术修炼成功后就羽化而去，进入天界成了仙人，这是必然的事。孔子曾经去向老子请教礼方面的学问，先派了他的学生子贡去拜见。子贡见到老子后，老子对子贡说："你的老师叫孔丘，他如果跟随我三年，我才能教他。"孔子见了老子，老子对孔子说："善于经商的人虽然富有，但却像什么也没有一样；德高的君子往往像个愚笨的人一样毫不外露。你应该尽快去除你的傲气和过多的欲望，因为这些东西对你没有一点好处。"有一次，老子问孔子读什么书，孔子说在读《周易》，并说圣人都读这本书。老子说："圣人读它可以，你为什么要读它呢？这本书的精髓是什么？"孔子说："精髓是宣扬仁义。"老子说："所谓仁义，是一种白白惑乱人心的东西，就像夜里咬得人不能睡觉的蚊虫一样，只能给人们增加混乱和烦恼罢了。你看，那鸿鹄不用每天洗刷羽毛就自然雪白，乌鸦也不用每天染墨而自然漆黑。天本来就高，地本来就厚，日月本来就放射光芒，星辰本来就是排列有序，草木生来就有区别。你如果修道，就顺从自然存在的规律，自然就能够得道。宣扬那些仁义之类的有什么用呢？那不和敲着鼓去寻找丢失的羊一样可笑吗？你是在破坏自然规律，败坏人的天性啊！"老子又问孔子："你已经得道了吧？"孔子说："我求了二十七年，仍然没有得道啊。"老子说："如果道是一种有形的东西可以拿来献人，那人们会争着拿它献给君王。如果道可以送人，人们就会拿它送给亲人。如果道可以说得清楚，人们都会把它告诉自己的兄弟。如果道可以传给别人，那人们都会争着传给自己的子女了。然而上面说的那些都是不可能的，原因很简单，那就是一个人心里没有正确的对道的认识，那道就绝不会来到他心中。"孔子说："我研究《诗经》《书经》《周礼》《周乐》《易经》《春秋》，讲说先王治国之道，深明周公、召公成功之路，我以此游说了七十多个国君，但他们都不采用我的主张。看来人们是太难说服了！"老子说："你那'六艺'全都是先王时代的陈旧历史，你说那些又有什么用呢？你现在所修的，也都是些陈陈相因的旧东西。'迹'就是人的鞋子留下的印迹，脚印和脚印还能有什么不同吗？"孔子从老子那儿回来，三天没有说话。子贡很奇怪地问怎么了，孔子说："我如果遇见有人的思路像飞鸟一样放达时，我可以用我似弓箭般准确锐利的论点射住他、制服他。如果对方的思想似麋鹿一样奔驰无羁，我可以用猎犬来追逐它，一定能使他被我的论点所折服。如果对方的思想像鱼一样遨游在理论的深渊中，我可以用钓钩来捕捉他。然而如果对方的思想像龙一样，乘云驾雾，遨游于太虚幻境，无影无形，捉摸不定，我就没法追逐和捕捉他了。我见到老子，觉得他的思想境界就像遨游在太虚中的龙，使我干张嘴说不出话，舌头伸出来也缩不回去，弄得我心神不定，不知道他到底是人还是神啊。"阳子见到老子，老子对他说："虎豹由于身上有花纹，猿猴因为过分敏捷，所以才招人射杀。"阳子问老子，君王英明的统治会达到什么样的程度。老子说："一位真正英明的君王，应该是他虽有盖世的功劳，但老百姓却不知道。他使万物都井井有条，而老百姓认为本来就应该是那样。他德行很高，但老百姓却并不歌颂他的名字。他在位或不在位都于天下百姓没有什么关系。"老子将要出关西去，打算登昆仑山。守关的令尹喜通过占卜预知会有神人从这里经过，就命人清扫了四十里道路迎接，果然是老子来了。老子出行以来，在中原一带都没有传授过什么，他知道令尹喜命中注定该得道，就在那里停留下来。有一个叫徐甲的人，从少年时受雇于老子做仆人，老子每天大约应付给他一百钱，一共欠了他七百二十万钱的工钱。徐甲见老子出关远行，想尽快讨回自己的工钱又怕不可能，就求人写了状子告到令尹喜那里。替徐甲写状子的人并不知道徐甲已跟随老子二百多年了，只知道他如果索回老子所欠的工钱就会成为富翁，就答应把女儿嫁给徐甲。徐甲见那女子很美，更加高兴，就把告老子的状子递交给令尹喜。令尹喜看了状子大吃一惊，就去告诉了老子。老子对徐甲说：

太平广记

〇〇五

"你早就该死了。我当初因为官小家穷，连个替我打杂的人都没有，就雇了你，同时也就把《太玄清生符》给了你，所以你才能一直活到今天。你为什么要告我呢？我当初曾答应你，如果你将来进入了安息国，那时我会用黄金计算你的工钱，全数还给你。你怎么竟这样急得等不了呢？"说罢就让徐甲面向地面张开嘴，只见那《太玄清生符》立刻被吐了出来，符上的朱砂字迹还像刚写时一样，而徐甲则顿时变成了一具枯骨。令尹喜知道老子是神人，就跪下磕头为徐甲求情，并自愿替老子还债。老子就把那《太玄清生符》又扔给徐甲，徐甲立刻复活了。令尹喜就给了徐甲二百万钱打发他回去。令尹喜向老子恭敬地执弟子之礼，老子就把长生之道的秘方授给了令尹喜。令尹喜又向老子请求更进一步的教导训诫，老子就口述了五千字，令尹喜回去后记录了下来，这就是老子著名的经典《道德经》。令尹喜按照老子的教导去修行，果然也成了仙。汉代的窦太后崇尚老子的著作，孝文帝及窦氏家族人人都必须读老子的书，读后都获益匪浅。所以汉文帝、汉景帝在位时，天下太平，国运兴盛，而窦氏三代也保住了他们的富贵和皇帝的恩宠。太子的老师疏广父子也深深理解老子的道义，知道功成身退的道理，父子二人同一天辞官回家，把他们的财富散给了穷人。后来的那些隐士们，凡是遵从老子道术的，都是抛弃了世俗的荣华富贵，着力于养身修性。老子的学说和道术渊博深邃，流传很广，这难道不是乾坤所定，值得后代万世向他师法学习的吗？所以庄周一派的门徒，也都把老子奉为他们的宗师。

刘　安

　　汉代的淮南王刘安是汉高帝的孙子，他的父亲是厉王，叫刘长。刘长因为犯了罪，被流放到四川，在流放的路上死去。汉文帝听说后很难过，就重新分割刘长的封地，全部给了刘长的大儿子刘安，所以刘安才被封为淮南王。当时王子们都沉迷于游玩狩猎和美酒女色，只有刘安坚守节操，并礼贤下士。刘安还特别爱研究儒家的学说，精通算卦和修道的方术，招纳了几千名有才学的门客，都是天下的知名人士。刘安写了论述佛门精义的《内书》二十二篇，还有解释佛经《中观论》的文章八篇。另外还有论述神仙修行、用黄金白银炼丹的文章，以及论述道术的《鸿宝》和论述封术的《万毕》，这些著作都论述了阴阳变化的道家学说，共有十几万字。武帝见刘安博学多才，能言善辩，并且是他的叔父，对他十分敬重。汉武帝有时下诏书，都让司马相如等共同酌卦定稿，还派人召刘安上朝一起起草。有一次，武帝让刘安写一篇解释屈原《离骚》的论文，刘安早上接到皇命，一顿饭时间就写成了并奏报给皇帝。皇帝常常在宴席上召见刘安，听刘安议论朝政的得失，或听刘安献上新作的赋、颂等文章。刘安常常早上进宫，和皇帝谈到夜晚才出宫。刘安一直在搜集天下论述道学的书，收纳懂得修道的方士，哪怕方士们远在千里之外，也要派人拿着信和钱前去请来。于是就有八位老人一起来见刘安，八位老人都须眉皆白了。他们来到刘安门前，门官先偷偷报告了刘安，刘安就示意门官故意刁难那八位老人，门官说："我们淮南王求的是上中下三种贤人。上等贤人要懂得延年益寿长生不老的道术，中等贤人要上知天文、下知地理并且精通儒家学术的大学问家，下等贤人要十分英武、力能扛鼎，是打虎擒豹的勇士。我看八位老先生年纪这样大，好像没有长生之术，也没有多大的力气，也不会对伏羲、神农、黄帝所著的《三坟》，少昊、颛顼、高辛、尧、舜所著的《五典》，以及《八索》《九丘》这些古代经典有什么深刻的研究，也不会有什么独到的见解。上面说的三种才能你们都不具备，我可不敢向淮南王通报你们求见的事。"八位老人笑着说："我们听说淮南王特别尊重贤德的人，像周公似的为了接待客人吃饭时三次吐出食物，洗浴时三次拧干了头发，所以凡是有一技之长的人都来投奔淮南王。古代的帝王诸侯都不拘一格选拔贤士，像战国时的孟尝君，连会学鸡鸣狗叫的人都收留，这就像买来千里马才能招来千里驹一样。燕昭王收留了没有什么才能的郭隗，于是比郭隗更有才能的人才会不远千里来投奔燕昭王。我们虽然年老，才学很浅，不合乎淮南王的要求，但我们从很远的地方来投奔他，希望为他效力。我们想见一见淮南王，就算对他没有什么好处，也不会对他有任何不利，为什么嫌我们老而不见我们呢？如果淮南王认为年轻的人才有学问懂得道术，老年人都是昏庸无能的糟老头子，这可缺乏开掘顽石寻找美玉、潜入深潭寻找明珠的决心和诚意了。不是嫌我们老吗？那我们就变得年轻些吧。"话音未落，八个老人都变成了童子，只有十四五岁，头发漆黑，面容像桃花般红润。门官大吃一惊，赶快跑进去向刘安报告。刘安听说后，连鞋都忘了穿，光着脚出来迎接，把八位老人接到思仙台上。挂起了锦绣帐幕，摆好了象牙床座，烧上百和香，给八位老人面前放上金玉的小桌，像弟子拜师那样面朝北向八位老人磕头说："我刘安是个平凡庸碌的人，但从小就爱好修身养性的事。然而由于日常的烦琐事务缠住身子，一直在这平凡的人世中沉沦，始终没能从这些累赘中解脱出来，背上书箱到山林中去向得道的仙师们求教。然而我思念神灵的真心如饥似渴，希望有朝一日能洗掉身上的污浊，用修炼的诚心去掉我的庸俗浅薄。可是我的一片真情得不到抒发，神灵像远在天边的金光，而我无法接近。没想到今天我能得到这样大的幸运，能亲眼看见道君降临我的寒舍，这是我刘安命中该得到神灵的教导，使我又喜又惊，连大气都不敢出，不知道该怎么办才好。只愿各位道君可怜我这个凡俗的人，把修炼的要点传授给我，使我这个像螟蛉一样的小虫能够像大雁天鹅般高飞入云。"八个童子听了刘安这番话就又变成老人，其中一人对刘安说："我们的道术也很浅薄，但毕竟比你先走了一步。听说你喜欢结交有识之士，特地来跟随你，也不知你究竟有什么愿望和要求。我们八个人中，第一个人能呼风唤雨、吞云吐雾，在地上画一下就产生江河，把土聚起来就可堆成高山。第二个人能让高山崩塌，让泉水变成平地，驯服虎豹，招来蛟龙，驱使鬼神为自己效力。第三个人能分身变化相貌，坐在那里顿时消失，使千军万马立刻隐去不见，把白天变成黑夜。第四个人能腾云驾雾，飞越江河湖海，随意遨游在天地间任何地方，呼吸之间便能到千里之外。第五个人能入火不怕烧，入水不怕湿，任何兵器不能伤害他，冬天不怕冻，夏天日晒不出汗。第六个人能千变万化，想变什么就变什么，能造出禽兽草木或任何东西，能让山搬家，让河不流，让宫殿房屋随意挪动。第七个人能把泥土熬成金子，把铅水提炼成银子，用水把云母硝石等八种石料炼成仙丹，能让飞起的水花变成珍珠，能骑着龙驾着云在九重天上浮游。你想学什么，我们就教给你什么。"刘安就日夜向八位老人叩拜，用酒肉款待他们，并试验他们每个人的本领，结果他们都各施法术，千变万化，没有一个不灵的。后来八位老人授给刘安《玉丹经》三十六卷，刘安按照经书上说的方法把仙丹炼成了，但没有来得及服用就出了事。那时太子刘迁爱好舞剑，自认为剑法比谁都高明。有一次，他让当时任郎中的雷被和他一起舞剑，雷被一失手，误伤了刘迁，刘迁翻脸大怒。雷被也很害怕，怕刘迁杀他，就要求带兵讨伐匈奴来赎罪，刘安听说后不同意，要惩治雷被。雷被十分害怕，就上书给皇帝说："汉朝的法律规定，如果诸侯中有人贪图享乐不去讨伐匈奴，该判死罪，刘安应该处死。"汉武帝向来器重刘安，没有追究处刑，只是把刘安的封地削去了两个县。刘安更加怀恨雷被，雷被怕刘安杀他，总是提心吊胆。雷被和伍被是好朋友，伍被也是因为干过坏事得罪了刘安，刘安忍着没有发作。雷被和伍被怕被刘安杀掉，就一起向皇帝诬告，说刘安要造反。皇帝就派了管王室亲族事务的宗正官带着公文去查办。这时八位老人就对刘安说："你可以离开尘世了，这是上天让你脱离世俗的机会。你如果没有这件被诬告谋反的事，一天天混下去，是很难脱离凡俗的。"八位老人让刘安登上高山向神灵祭告，并把金子埋在地里，然后刘安就白日升天成仙了。八位老人和刘安登山时踩过的石头上都留下了很深的脚印，到现在这些足迹还留在山上。八位老人对刘安说："凡是做官的人被人诬告，那诬告者应该被处死，所以伍被、雷被也应该死了。"宗正官来查刘安被告谋反的案子，发现刘安不见了，一打听，才知道刘安成仙了。皇帝听说后心里很不好受，就暗中转告朝中管刑狱的廷尉张汤，让他以策划阴谋的罪名参奏伍被，于是就杀了伍被和雷被，并灭了他们九族，正应了八位老人对刘安的预言。《汉史》中对于刘安成仙得道的事故意隐瞒没有记载，怕以后当皇帝的都不理朝政，热心于学习刘安以便成仙，只记载着刘安因为被诬告谋反而自杀，而不是成了仙。按照左吴记的记载，说刘安成仙要离去时，打算杀掉雷被、伍被，八位老人劝告说："不能这样做。成仙的人连一只小虫都不害，何况是人呢。"刘安就没杀雷被与伍被。刘安又问八位老人："能不能把我的亲朋好友都带到仙界去一趟再让他们回来呢?"八位老人说："可以倒是可以，但不能超过五个人。"于是刘安就带着他的好友左吴、王眷、傅生等五个人到了仙界的玄洲，去了以后又打发他们回来了。后来左吴详细地写道，刘安还没到仙境时就遇见了几位神仙，但由于刘安从小就是王子，养尊处优，对遇见的几位神仙不愿意恭恭敬敬地行礼，言谈举止都不太尊重那几位神仙，说话声音很大，有时不注意还自称"寡人"。结果仙伯中地位较高的神仙就把这事奏报给天帝，说刘安对仙官大不敬，应该把他赶回人间。多亏了八位老人在天帝面前为刘安解释开脱，才免了刘安大不敬的罪，但仍罚他看管天都城中的厕所三年。三年期满后，只允许刘安当一般的仙人，不得在仙界担任官职，只让他长生不死而已。后来，汉武帝听说左吴等五人随刘安去了仙界又被送了回来，就召见左吴等人，亲自问他们详细情况。左吴把详情说了，武帝非常懊丧悔恨，并说："我要是像淮南王刘安那样能遇到神仙，我就会把皇室和天下看成一只鞋，脱掉也毫不可惜，然后毅然随神仙而去。"从此，汉武帝就招贤纳士，希望也能招来八位老人那样的仙人，但始终没有仙人光临，反而被公孙卿、栾大这一类冒充得道的江湖术士欺骗。然而他仍不甘心，一直想找到真仙人，因为刘安成仙使他相信真有神仙。传说刘安和八位老人升天时，剩下的仙药放在院里，鸡狗吃后也都升了天，所以天上也有鸡叫狗咬的声音。

裴谌

　　裴谌、王敬伯、梁芳三个人结为超脱世俗的好友。隋炀帝大业年间，三个朋友一起去白鹿山学道。他们认为用铜炼金、用汞炼银的方术一定能得到，长生不老的仙药一定能求到。至于腾云驾雾，羽化成仙的功夫，只要苦修苦练，也是早晚能成功的。然而，他们经过十几年的修炼内功，采集仙药，历尽了辛苦艰难，手、脚都磨起了老茧，却仍然什么也没得到。后来梁芳死了，王敬伯对裴谌说："咱们背井离乡，抛弃了世间荣华富贵的生活进了这深山老林，听不见美妙的音乐，吃不到美味的佳肴，看不到美丽的女色。离开华美的府第住进茅屋，以享乐为耻，自甘寂寞过着如此清苦的生活，这一切都是为了能得道成仙，有朝一日能骑鹤驾云到蓬莱仙宫去过上神仙的日子。就算成不了仙，也希望能长生不老，与天地同寿。然而如今仙境渺渺不知在哪里，长生也没什么指望，我们如果继续在这里苦熬，只能死在山中了。我打算立刻出山去重新过豪华的生活，乘肥马穿轻裘，欣赏音乐，亲近美女。游遍京城胜地，玩够了再去追求功名宦位，以求在世间显身扬名。纵然不能饮宴于天宫瑶池，不能乘着天马神龙听凤歌看鸾舞，不能日日与神仙为伴，但是在人世上身居高官，身穿紫袍腰系金带，每天和高官显贵在一起，还能使自己的图像挂在天子为功臣特建的'凌烟阁'上，该多么荣耀。咱们为什么不回去呢？何必白白死在这空山里！"裴谌说："我早已看破人间的荣华富贵，大梦初醒的人怎么可能再回到梦境中去呢？"王敬伯任凭裴谌怎样挽留也不听，一个人出了山。当时是唐太宗贞观初年（627），王敬伯不但恢复了原任的官职，而且在旧职的级别上被新任为左武卫骑曹参军。大将军赵胐将自己的女儿嫁给他，不到几年他就升任为大理寺的廷尉评事，穿上了红袍。有一次，他奉命出使淮南，坐船走到高邮，当时他的船队仪仗森严，威风十足，江上的民船都躲着不敢走。这时天下着小雨，忽然有一只小渔舟出现在官家船队前面，船上是一位头戴斗笠身披蓑衣的渔夫。他划着桨很快地驶过船队，像一阵疾风。王敬伯心里很不高兴，心想：我是朝廷派出的使臣，谁都对我敬畏回避，怎么这个渔夫敢如此放肆？仔细一看，那渔夫竟是当年和他一起在山中修道的裴谌。于是赶快派船追上去。追上裴谌后，王敬伯命手下人把裴谌的渔船连在自己大船的后面，请裴谌上了大船。王敬伯进舱坐下，握着裴谌的手说："老兄当初坚持不和我一起出山，抛开了世上的功名利禄，一意修道，但到如今你又得到了什么，不还是个江上的渔夫吗？所以我看修道的事太坑人了。古人尚懂得人生苦短抓紧享乐，甚至点着灯烛不让夜晚虚度，何况青春年少白白扔掉岁月呢？我出山后才几年就做到了廷尉评事，由于我办案公正受到朝廷赞赏，天子特赐我穿红袍系金腰带。最近淮南有一件疑案一直定不了案，案情上报到大理寺，皇上命令派一个干练的官员到淮南复审疑案，我被选中，所以才有这次淮南之行。我现在虽然还算不上飞黄腾达，但比起山中的老翁还是要强得多吧。裴兄你却仍像从前那样甘心在山中埋没了自己，我真是不能理解啊！不知裴兄需要什么东西，我一定满足你的要求。"裴谌说："我虽是个山中的平民，但早把心寄托于闲云野鹤，我怎么会像《庄子》中说的那样，让只腐烂的死鼠引起我的兴趣呢？我像鱼一样在江里游，你像鸟一样在天上飞，各有各的乐趣，你何必向我炫耀你那些浮名微利呢？人世间需要的东西我都非常充足，你能送我什么呢？我和山里的朋友一同到广陵卖药，也有个歇脚的地方。在青园桥的东边，有一个几里宽的樱桃园，园北有个行车的门，那就是我家。你公余之后如果有空，可以到那里找我。"裴谌说完，就潇洒地离去了。王敬伯到广陵十几天后，空闲时想起了裴谌的话，就去找裴谌，找到了樱桃园，果然有个车门，一打听，果然是裴家。门官领王敬伯往里去。起初周围挺荒凉，越走景色越好。走了几百步后，又进了一个大门，门内楼阁重重，花草繁茂，好像不是凡人住的地方。雾气笼罩，景色无比秀丽，阵阵香风袭人，令人神清气爽，飘飘然好像身在云中。王敬伯此时的心情也大大转变了，觉得做官为宦实在没什么意思，自己的肉体像只死老鼠一样卑贱，看他那些同僚也像蚂蚁一样卑微了。不一会儿，听见轻微的佩剑撞击的声音，两个青衣女子出来说："裴郎来了。"只见一个仪表堂堂、衣冠华贵的人来到面前，王敬伯赶快下拜，抬头一看，竟是裴谌。裴谌安慰王敬伯说："你长期在人间做官，久吃腥膻的鱼肉，心中尽是贪欲私心，像背着一个沉重的包袱使你步履艰难哪！"裴谌把王敬伯请到客厅，门窗屋梁都装饰着奇珍异宝，屏风帐幕都画着仙鹤。不一会儿，四个青衣女子捧着碧玉的盘子进来，其中的器皿光彩照人，不是人间有的东西，摆上来的美酒佳肴也从来没吃过。天快黑时，裴谌请王敬伯入席，在室内点起了多种色彩的灯，照得室中光彩迷离。又叫来了二十个奏乐的女子，一个个都是绝代佳丽，列坐在王敬伯面前。裴谌告诉管家说："王敬伯是我山中的朋友，由于修道的意志不坚，扔下我下了山，离别十年了，他才做到廷尉评事，他的心已经完全归于凡俗了，所以就叫世间的妓女来让他取乐吧。我看花街柳巷的那些女子也太差了，你不妨在书香门第和官宦人家给他找一个女子来。如果近处没有美貌的，在五千里之外为他请一个也行。"管家答应着出去了。那些奏乐女子就给碧玉筝调弦，弦还没调好，管家已经领了一个女子进来，向裴谌下拜。裴谌说："快拜见王评事。"王敬伯也连忙向那女子还礼。仔细一看，竟是自己的妻子赵氏。王敬伯大吃一惊，但没敢说什么，他妻子也很惊恐，不断地看他。裴谌让赵氏坐在玉石台阶下，一名侍女捧着玳瑁镶嵌的筝给了她。赵氏平时就很会弹筝，裴谌就让她和那些女子一起合奏以助酒兴。王敬伯趁裴谌不注意，从盘子里拿了一枚深色的红李子扔给妻子赵氏，赵氏看了看，把李子偷放在衣袋里。那些女子演奏的曲子赵氏跟不上，裴谌就叫她们随着赵氏演奏，并常常让其余的女子停下演奏以显出赵氏的独奏。歌曲和音乐虽然不像《云门大卷》和《韶乐》这些古代名曲那样演奏后能引来凤凰，但旋律十分清亮，宛转动听，宾主敬酒酬答十分快活。天快亮时，裴谌招来管家让他送赵氏回去，并说："这个厅堂是九天画堂，凡人是不能进的。但我过去和王敬伯是修道时的朋友，可怜他为世上的荣华迷了心窍，自己甘心赴汤蹈火，聪明反被聪明误，工于心计反害了自己，从此将在生生死死的苦海中沉浮，看不到彼岸，所以才故意请他到这里来，想使他开窍醒悟。今天一见之后，将来很难重逢。夫人你也是命中有缘到这里一游。你来往一次经过了万重云山，十分辛苦，我就不再说什么了。"赵氏就拜别了裴谌。裴谌又对王敬伯说："你身有公务却在这里住了一宿，你的下属和郡里的官员会因找不到你而惊惶的，你就先回你的驿馆吧。在你没有回京复命前，还可以再来看我。尘世上的路漫长遥远，人在世上常常会有千愁万虑，望你多多珍重吧。"王敬伯也拜谢辞别了裴谌。五天后，王敬伯公务完毕要回京了，就偷偷又去找裴谌，想向他辞行。但到了樱桃园，车门内再也没有裴谌的华贵府邸，只是一块长满野草的荒地，他十分惆怅地回去了。王敬伯到京城复命之后，回到自己家去时，妻子赵氏全家都怒气冲冲地找他理论，说："我家女儿尽管丑陋配不上你，但既然行了大礼和你成婚，你就应该敬重她，这样才能上以继承祖业，下以传继后代，这是绝不能有一点苟且的。可是你为什么用妖术把她弄到万里之外，让她当乐伎让外人取乐呢？那颗红李子还在，她说得也有根有据，你还想隐瞒吗？"王敬伯只好说了全部详情，并说："当时我也没有办法，不知是怎么回事。看来是裴谌已经得道成仙，故意显示道术给我看的。"妻子赵氏也记得裴谌当时说的那些话，说绝不是王敬伯用了妖术，大家才不再责骂王敬伯。天哪，神仙的法术能达到这个程度，就是为了制造幻境来迷惑人吗？当然不是，而是为启迪人们坚定修道的意志，这是平常人不能理解的。书上记载着雀可以变蛤、野鸡变蚌、人变虎、腐草变萤火虫、屎壳郎变蝉、大鱼变鹏，这些事人们都不理解不相信，何况那些更玄妙的事情呢？

郗　鉴

　　荥阳的郑曙，是著作郎郑虔的弟弟。他博学多能，喜欢奇闻异事，信任侠士，曾经因为会客，谈到了人间的一件奇事。郑曙说："各位读过《晋书》吧？看见过太尉郗鉴的事迹没有？虽然《晋书》上说他死了，但他直到现在还活着。"座中的几位客人惊奇地说:"请讲讲他的故事好吗?"郑曙说:"我有一位好朋友,他是武威县的段扬,在定襄县做县令。段扬有个儿子叫段恕,从小羡慕道术,不吃酒肉。十六岁那年,他向父亲请求说:'儿想寻游名山大川,向世外高人请教道术。'段扬答应了他,给了他十万钱,满足他的心愿。天宝五年(746)的时候,段恕路过魏郡,住在客栈。客栈里有一位客人,骑了一头小驴,买了几十斤药,全是养生的那些东西,没有五谷。而那些难找还没买全的药,他天天都到市上向胡商寻觅。段恕见这客人已经七十多岁了,眉毛胡须白得如霜似雪,但是他的脸色却像桃花,也不吃谷物。段恕知道这是一位得道的人,非常高兴,等那人有了闲暇,就买些珍贵的果品和味美的食物,以及药品美酒什么的送给他。那客人很惊讶,对段恕说:'我是山里的一个普通老头,为了买药来到这里,不想让世人知道,你为什么能发觉我而如此做呢?'段恕说:'我虽然年幼,但是我生性喜欢虚静,见了你的所作所为,知道你一定是个修道的人,所以愿意和你交往聚会。'那客人很高兴,和他一起喝酒。喝到晚上,又住到了一起。几天后,事情办完要离开了,老头对段恕说:'我姓孟,名叫期思,住在恒山,在行唐县西北九十里。你想要知道我的名姓就是这样。'段恕又为他饯行,诚恳地叩头请求,愿意随老头到山中,向他请教道术。老头说:'如果这样,我见你意志挺坚定,可以和你同住。但是住在山里是很苦的,必须忍受饥寒。所以学道的人,大多都知难而退了。另外,山中有老师宿儒,我也得向他禀报,你好好想想。'段恕又坚决地请求。老头知道他有志气,就对他说:'等到八月二十日,你到行唐县来吧。可以向西北走三十里,

太平广记

有一个孤姥庄，庄里的孤姥是一位非常了不起的奇人。你应该去拜见她，向她说明来意，住在那里等我。'段恝连连下拜，接受约定。到了日期前往，果然找到了这个孤庄。一位老太太出来问他。他把来意详细地告诉了她。老太太抚摸着他的后背说：'这小子这么年轻，却能喜欢道术，好啊！'于是把他的行李装到柜子里，让他坐在堂前的阁子里。老太太家里很富足，给段恝的生活用品很丰厚。他在此住了二十天，孟先生到了。孟先生看着段恝说道：'我本来是随便说的话，哪想到你果真如期来了。但是我有事要到恒州去，你暂且住在这里，我几天就能回来。'果然，孟先生像他说的那样，到期限就回来了。孟先生又对段恝说：'我还要去向老师宿儒说明情况，然后带你一块儿去。'过了几天，孟先生果然来了。孟先生让老太太把段恝的行李全都保存起来，让段恝只带着随身的衣服和被子前往。于是段恝跟着孟先生进山。开始走的三十里路，很艰险，但是还可以行走。又走了三十里，就要用手拽着藤蔓，用脚蹬着伸出来的岩石，吓得段恝心神惶悚，一身冷汗。勉强走到了老师宿儒住的地方。这住处的东面、南面，全是崇山巨石，林木森然苍翠。北面比较平坦，接近诸陵岭。西面陡悬向下，一层层山谷有千仞深，而且谷中有良田，一些山民正在耕种。其中有六间瓦房，分前后几栋。那北面的，是诸先生的住所。东厢房是厨房，飞泉从檐间落，以代替井水。那北门之内，西面的两间有一个屋室，关着门。东间是两个屋室，有六位先生住着。那屋前的廊屋里，有几书架的书，有两三千卷。有谷物上千石，药物极多，好酒常有几石。段恝拜见诸位先生之后，先生们告诉他说：'住在深山老林与住在人世间不同，是很苦的，必须忍受饥饿，吃草药。能甘心如此，才可以居住，你能吗？'段恝说：'我能。'于是留他住下了。五天后，孟先生说：'今天何不拜见老先生？'于是打开了西屋。屋中有一个石堂，堂朝北开，可以直接向下俯瞰山谷河川。老先生坐在绳床上，一副清心寡欲的样子。段恝恭敬地拜谒老先生，老先生许久才睁眼看他。老先生对孟先生说：'这就是你说的那个人吗？这小子不错，就给你当弟子吧。'于是告辞出来，又关了门。那院子西面临涧，有十棵松树，却有几仞高。松下有一磐石，能坐一百人。这块石头上有棋局，先生们闲暇的时候，常在这上边下棋、饮酒。段恝是侍者，站在那里看先生们下棋。先生们的棋艺都不精，段恝就在一边指教。先生们说：'你也懂得下棋，可以坐下来跟我们玩。'于是他就坐下来和几个老头下棋，几个老头全都下不过他。于是老先生让人把门打开，挂着手杖临崖而立，向西望了许久，回头看着老头们说可以下棋。孟期思说：'人们都下不过这小子！'老先生笑了，于是坐下叫段恝过来跟他下棋。开棋之后，老先生局势比段恝的稍差一些，老先生又笑着对段恝说：'你想要学习什么技艺呢？'段恝年幼，不懂得求方术，只说先学《周易》。老先生便让孟先生教他《周易》。老先生又回到屋里，关了门。段恝学《周易》超过一年，一天比一天明白，占卜算卦，料事如神。他在山上待了四年，前后看见老先生出门不过五六次。老先生只在屋里端坐绳床，正心参禅，经常二三百天不出屋。老先生平常睁眼的时候不多，有儿童那样的容貌，身体肥胖，却不吃东西。每次参禅完毕，他或许喝一点药汁，也不知那药是什么名。后来老先生忽然说：'我和南岳诸葛仙家约定的日期到了，现在必须离去。'段恝在山上住了很久，忽然想家，就向孟先生请求回家看一看，马上就回来。孟先生生气地说：'回去就是回去了，还回来干什么！'于是向老先生报告了。老先生对孟先生说：'早知道这个人不能坚持到底，何必让他来！'于是就让段㒤回去了。回来一年之后，又回去找那些老头。到了之后，见屋室如旧，门窗关闭，却不见有一个人。下山来问孤庄的老太太，老太太说：'先生们将近一年没来了。'段㒤于是悔恨得要死。段㒤在山上的时候，曾经向孟先生打听老先生的姓名，孟先生取一本《晋书·郗鉴传》让他读，对他说：'要知道老先生，他就是郗太尉！'"

刘　晏

　　唐朝宰相刘晏，年轻的时候喜欢道术，精心钻研，坚持不懈，但是没遇上仙人。他曾经听说仙人大多在市场店铺之间，因为这种地方喧哗嘈杂，混迹在其中不易被人发现。所以他来到长安，就走进一家药铺，偶然问起仙人的事。药铺主人说："曾经有三四位老人，戴着纱帽拄着拐杖来买酒，喝完就走。有时候他们也要药，也不多买。看样子他们不是凡夫俗子。"刘晏说："他们什么时候还能来？"药铺主人回答说："明天应该来。"第二天，刘晏天亮的时候就来到药铺，不一会儿，果然有三个道士模样的人来到药铺，把酒打满就开始喝，又说又笑，极其欢欣，旁若无人。好久才有人说："世上还有像我们这样悠闲自得的人吗？"另一个人说："还有王十八。"喝完他们就走了。从此之后，刘晏常常想起这件事，却不能找到那些人。等到他做了刺史，至南方去上任，路过衡山县，当时正是春初，风景和暖，便吃了一碗冷面。冷面里的香菜、茵陈蒿等，味道很香而且干净。刘晏感到奇怪，就对邮史说："附近莫非有士绅居住吗？这菜是从哪儿弄来的？"邮史回答说："县里的菜园子里有一个叫王十八的人，他善于种菜，所以旅馆里常常有这样的菜。"刘晏忽然惊喜地想起道士们讲过的话，就说："菜园离这儿多远？走着去可以吗？"邮史说："就在旅馆后边。"于是他们就前往菜园，到了菜园看到了王十八。王十八围着围裙正在浇菜，山野人的模样。他见了刘晏小步走上来参拜，身上打着哆嗦。刘晏渐渐与他坐到一起。刘晏问他是什么地方人，家里有什么人，他说他飘游不定，也没有亲族。刘晏奇怪而怀疑，让他坐下，要酒和他一起喝。他坚决不喝，退回去了。于是刘晏就到县里去，亲自请求县令，希望让王十八到南方去。县令一点也不理解，当时就打发王十八上路。王十八也不怎么拒绝，穿着破衣草鞋，上船就走。刘晏渐渐和王十八熟了，就让妻子儿女拜见他，和他坐到一起喝茶用饭。王十八的脸和衣服，一天比一天脏，刘宴的家里人都暗暗地讨厌他。夫人说："这个人哪有神异之处？我们何必要如此！"刘晏坚持不懈。离要去的地方还有几百里，王十八得了痢疾，一天到晚极为困乏。船上的地方拥挤狭窄，他又不肯离开刘晏的身边，左右的人都捂着鼻子吃不下饭，不堪忍受。刘晏却丝毫没有厌倦的表现，只是忧愁悲痛而已。他亲自劝王十八服药吃粥。几天之后，王十八就死了。刘晏又是叹息又是哭泣。为王十八送终的礼仪，没有不完备的地方，把他葬在路边。一年后，刘晏因为官职更替回朝，又回到衡山县，县令在郊外迎接他。刘宴坐好之后县令说："使君带走的那个种菜的，去了不久又回来了，是他不听使唤吧？"刘晏吃惊地问什么时候回来的，县令说："走后一个多月就回来了，他说是你放他回来的。"刘晏非常惊骇，当时就走到菜园里。茅屋虽然还在，却没有见到王十八。邻人说，王十八昨天晚上走了。刘晏更加怨恨，对着茅屋连连下拜，哭着返回来。细推算王十八到县的日期，正是王十八在途中病死的时候。刘晏派人去打开王十八的坟墓，里面只有衣服而已。刘晏几个月以后回到京城，在朝中做官，偶然得了重病，快要断气了，全家人围着哭叫。忽然听到急促的敲门声，看门的跑进来喊道："有一个人自称是王十八，让我进来通报。"全家人都高兴地跳起来迎接拜见王十八。王十八微笑着来到刘晏躺着的地方。刘晏已经病得好长时间不认人了。王十八就将所有的铺盖和汤药全都拿走，自己从腰间取出一个葫芦并打开，倒出来三丸小豆般大小的药，用苇筒将半盆水和药引灌进刘晏的口中，并摇晃他的身体。过一会儿，刘晏肚子里有如雷鸣。再过一会儿，他便睁开眼，急忙坐起来，完全不像有病的样子。夫人说："王十八在这里！"刘晏便涕泪交流，扯起衣服再拜，不胜感激的样子。妻子儿女及仆人也都哭了。王十八凄惨地说："为了报答旧情，所以来救你。这药一丸可延寿十年，到时候我自己来拿。"王十八喝了一碗茶就要走，刘晏坚决请他再留一会儿，他不答应，又想要给他金帛，他又大笑，还是走了。后来刘晏做了宰相，兼管盐铁事务，受一件事情牵连被贬到忠州。三十年了，忽然一天又得了病。王十八又来说要见相公，刘晏非常感动。他把王十八迎进屋，又恳求。王十八说："你的病马上就好，暂且把那药还回来。"于是他把一两盐扔到水里让刘晏喝。刘晏喝完了就大吐，吐出来三丸药，药的颜色和三十年前吃的时候没什么两样。王十八要来香汤把三丸药洗了。刘晏的一个堂侄，此时正站在刘晏身边，他就抓了两丸吞下肚去。王十八仔细看了看他笑着说："你有道气，我本来知道能被你抢去。"王十八快步走出去，并没有告别。刘晏不久就康复了。几个月以后，皇帝下诏书又要起用刘晏，刘晏却死了。

樊 夫 人

　　樊夫人是刘纲的妻子。刘纲做上虞县令，有道术，能传檄召鬼神，以及禁制变化一类事。他也是悄悄地修行、秘密地学成的，没有人知道。办理政事崇尚清静简易，而政令发布施行，老百姓就受到他的恩惠，没有水旱疫毒、猛兽伤害，年年大丰收。闲暇的日子，他与夫人较量法术。一起坐在堂上，刘纲作火烧磨房，火从东起，夫人用禁咒火就灭了。院子中有两株桃树，夫妻各自念动咒语催动，使两棵树互相斗击。过了很久，刘纲驱动的树失败了，几步走出篱笆外。刘纲向盘子中吐一口唾沫，唾沫就变成了鲤鱼。夫人向盘子中吐一口唾沫，唾沫变成了水獭，去吃鱼。刘纲与夫人进入四明山，道路被虎堵住，刘纲禁咒它，虎就趴着不敢动，刚要走，虎就要吃掉他。夫人径直往前走，虎就面向地，不敢仰视，夫人用绳索把虎拴在床脚下。刘纲每次和夫人共同比试法术，总是不胜。将要腾空乘云而行，县衙正厅旁边有棵大皂荚树，刘纲升上树几丈高，才能飞起来。夫人平静地坐着，如云气般升起，一同升天而去。唐朝贞元年间，湘潭县有个老太太，不说姓名，只称湘媪。平常在人家的房舍居住，已十多年了。她常常用丹砂写篆字在闾里治病救人。乡人敬重她，给她盖几间华美的房屋奉养她。老太太说："不要这样，只要盖个土木房屋就行。"老太太鬓发如云，肤洁如雪。拄着拐杖趿着鞋，每天可走几百里。忽然有一天，老太太遇见一个乡下女子，名叫逍遥，十六岁，长得很艳丽，拿着筐采菊花。她遇到这个老太太就瞪着眼睛看，脚不能移动。老太太看着她说："你要是喜欢我，可以同我一起到我住的地方吗？"逍遥高兴得把筐扔了，给老太太行礼自称弟子，跟老太太回家。她的父母奔跑着追上她，用棒子打她，吆喝着把她领回家。逍遥的志向更加坚定，就偷了一根绳子自己上吊，亲戚乡邻诚恳地开导她的父母，请求他们让逍遥愿意干什么就干什么。她的父母估计不能制止逍遥，就放了她。逍遥又到老太太那里去了，只是扫地、打水、烧香、读道经而已。一个多月后，老太太告诉乡人说："我暂时到罗浮山去，把门锁上了，你们千万不要开。"乡人问逍遥将要到哪儿去，老太太说："与我同去罗浮山。"如此三年，人们只从门外看见，老太太房舍阶下、墙边小松竹笋丛生。等到老太太回来，她就召集乡人一同开锁，看见逍遥在室内迷迷糊糊地坐着，容貌像平时一样，只有草鞋被竹梢挑到房梁上。老太太就用拐杖敲敲她说："我回来了，你可以醒了。"逍遥醒来，刚起身，将要下拜，忽然左脚掉了，像砍落在地上。老太太急忙令逍遥不要动，她捡起脚对正膝盖安上，用水喷喷它，左腿竟然如故。乡人大吃一惊，像敬神似的敬奉她，人们接连不断地从几百里外来拜服她。老太太的神情很闲适，不喜欢识人太多。有一天，老太太忽然告诉乡人说："我要前往洞庭洞去救一百多人的性命，谁有心意为我准备一只船？一两天可以共同去观看。"有个村民叫张拱，家里很富裕，他请求准备船只，自己驾船去送她。要到洞庭的前一天，有大风大浪，有一只大船沉没在君山岛上碎裂了。船上载着将近一百多人却没有损伤，但也没有船来救，他们各自散居在岛上。忽然有一条扬子鳄，有一丈多长，游到沙滩上。几十个人拦住它把它打死，把它的肉分着吃了。第二天，有像雪似的一座白城围绕在岛上，人们没有谁能辨识。那座城逐渐变窄把人夹住，岛上的人恐怖地哭叫，行装都碎为粉末，那些人也都被捆成一簇。那里面不到几丈宽，又不能攀缘，形势已经很紧急了。岳阳城里的人也遥遥望见雪城，但没有人能明白这是怎么回事。这时，老太太的船已经到岸，老太太就登上君山岛，举起剑踏着罡步，喷一口法水飞快出剑去刺它，白城发出一声如霹雳响，城就崩塌了。原来是一只大扬子鳄，长十多丈，蜿蜒而死，剑立在它的胸上。终于救了一百多人的性命，否则，这些人顷刻之间就被拘束成为血肉了。岛上的人都放声哭泣向老太太行礼道谢。老太太命张拱的船返回湘潭，张拱不忍马上离开。这时忽然有个道士与老太太相遇，这个道士说："樊姑你是什么时候从什么地方来的？"互相都很感慰喜悦。张拱讯问道士，道士说："这位老太太就是刘纲真君的妻子樊夫人。"人们才知道湘媪就是樊夫人。张拱就回到了湘潭。后来老太太与逍遥同时返回仙境。

张 玉 兰

张玉兰是天师的孙女，灵真的女儿。她小时候就纯洁朴素，不吃荤腥。十七岁那年，她梦见红光从天而降，红光中有金字篆文，缭绕几十尺，随着红光进入她的口中。玉兰自己觉得不安，于是就有了身孕。母亲责问她，她始终没说梦中事，这事唯有她的丫鬟知道。有一天，她对丫鬟说："我不能忍受耻辱而活着，死了就剖腹，来表明我的心。"那天晚上，玉兰无病而死。丫鬟把这事告诉了玉兰的母亲，母亲不想违背玉女的遗嘱，也希望洗雪心中之疑。这时，忽然有一个东西像莲花似的，自己从玉兰腹中破腹而出。打开那件东西，得到白绢金字写的《本际经》十卷。白色生绢长二丈左右，幅宽六七寸，文字鲜明，不是人工写成。玉兰死后一个月，经常有异香。于是家里人传写那些经书，又安葬了玉兰。一百多天过去了，有一天忽然刮起大风，响起炸雷，下起大雨，天昏地暗，《本际经》不见了，玉兰所在的坟圹自开，棺盖飞在大树之上，人们一看，只是空棺而已。如今墓在益州，温江县女郎观就是。三月九日是玉兰升天的日子，至今乡里的人还常常设斋祭礼她。灵真就是天师的儿子，名叫张衡，人称为嗣师。汉灵帝光和二年（179）己未正月二十三日，他在阳平化白日升天。玉兰产生出经书而得道，在灵真飞升之后，三国纷争开始。

广 成 子

广成子是古代的一位神仙，住在崆峒山的一个石洞里。黄帝听说后曾专程去拜访他，向他请教修炼道术的要诀。广成子对黄帝说："你所治理的天下，候鸟不到迁徙的季节就飞走，草木还没黄就凋落了，我和你这样的人有什么可谈呢？"黄帝回去后三个月不理朝政，什么事都不干，然后又去见广成子，很恭敬地跪着匍匐到广成子面前，再三叩拜求教修身的方法。广成子回答说："修道所达到最高境界就是心中一片空漠，即看不见什么，也听不见什么。凝神静修，你的肉体必然就会十分洁净，你的心神也会非常清爽。你的身体不劳顿，你的精神不分散，你就可以长生。注重内心的修养，排除外界的干扰，知道过多的俗事会败坏你的真性。我能牢牢地专注于养性，永远心境平和清静无为，所以活了一千二百岁，形体上没有一点衰老的迹象。得到我道术的可以成为君王，失去我道术的只能成为凡俗之辈。我的道将把你引向无穷之门，游于无极的原野，与日月同辉，与天地共存。凡人都将死去，而得我道的人却会长存于天地之间。"

秦 时 妇 人

　　唐朝开元年间，代州都督因为五台山客僧多，恐怕妖伪之事发生，就下令把没有度牒的和尚全部赶走。客僧害怕被驱逐，大多暂时逃避到山谷中去。有个叫法朗的和尚，逃进雁门山深处。雁门山深涧当中有个石洞，能容纳人进出。法朗就多带干粮，想要住在这座山里，于是他就寻找洞口进去了。走了几百步之后，那里渐渐空阔了。到了平地，踏过流水，渡到另一岸，那里太阳、月亮都很明亮。又走了二里，到一个草屋中，草屋中有女人，穿着草叶，但容颜端庄秀丽。她看见和尚，害怕而又惊讶，就问和尚说："你是什么人？"和尚说："我是人啊！"女人笑着说："难道有这样形骸的人吗？"和尚说："我侍奉佛，佛必须贬降形骸，所以这样。"她又顺便问："佛是干什么的？"法朗就详细地说给她听。女人们互相看了看，笑着说："他的话很有道理。"又问："佛教的宗旨如何？"法朗就给她们讲解《金刚经》。她们听了再三再四地称赞叫好。法朗就问她们：“这个地方是个什么样的世界？”女人说：“我们本来是秦时人，随着蒙恬修筑长城。蒙恬多使用妇女，我们忍受不了那样的折磨，就逃避到这里。当初吃草根，得以不死。来到这里也不知道年岁，也没有再到人间。”于是她们就把法朗留下，用草根养活他。草根涩，根本不能吃。法朗在这里住了四十多天，就暂时告辞出去，到人间去寻找粮食。等到他到了代州，准备好粮食再去时，却迷失了道路，不知道那个地方在哪儿了。

太 阴 夫 人

　　卢杞年轻时家里很穷，住在东都洛阳，在一所废宅内租赁房舍。邻居有个姓麻的老太婆，孤身独住。有一次，卢杞遭遇暴病，躺了一个多月，麻婆来给他做汤做粥。病好以后，有一天晚上，卢杞从外边回来，看见一辆金犊车子停在麻婆门外。卢杞很惊奇，就偷偷地去看，见到一个女郎，年龄有十四五岁，真是神人啊！第二天，卢杞悄悄问麻婆，麻婆说：“莫非要与她结婚吗？我与她商量一下试试。”卢杞说：“我家里贫穷，又没有地位，哪敢突然有这个想法？”麻婆说：“这又何妨！”已经到晚上了，麻婆说：“事情成功了。请你斋戒三天，在城东的废弃道观里相会。”斋戒三天后，卢杞到废观，看到的是古树荒草，感觉这里很久没有人住了，他就迟疑地不敢向前。这时，雷电风雨突然而起，变化出楼台，金殿玉帐，景物华丽。有一辆有帷盖帷幕的车子从空中降落下来，车上坐的就是前些日子他遇见的那个女郎。女郎与卢杞相见，她说：“我就是天人，奉上帝之命，打发我到人间找配偶。您有仙相，所以我派麻婆传递心意。请你斋戒七天，我们还会见面。"
女郎呼唤麻婆，给了两丸药。不一会儿，雷电黑云又起，
女郎已经不见了，古树荒草还和原来一样。麻婆与卢杞回
去，斋戒七天，刨地种药。刚下种，已经生出蔓；不一会儿，
两个葫芦从蔓上生出，逐渐变大，像装两斗酒的大瓮那么
大。麻婆用刀把葫芦里面的东西刨出来，麻婆就与卢杞各
坐一个葫芦，又让卢杞准备三件油衣。这时忽然起了风雷，
两人乘坐葫芦腾空而起，直到碧空云霄之中，满耳只听见
波涛的声音。时间长了，觉得寒冷，麻婆就让卢杞穿上油衫，
卢杞感到如在冰雪之中。麻婆又让他穿到三层，这回觉得
很暖和了。麻婆说："离洛阳已经八万里了。"又过很长
时间，葫芦停下来，就见到了宫阙楼台，都是用水晶造的
墙垣，披着甲衣拿着戈矛的卫兵有几百人。麻婆领着卢杞
进见。紫色的宫殿之上，几百个女子随着那女郎出来，女
郎命卢杞坐下，又命准备酒宴。麻婆笔直地站在众侍卫之
下。女郎对卢杞说："您能够从三件事中任意选取一件事：
永远留在这座宫里，寿命与天同在，其次是做地仙，常住
人间，有时也能到这里，最下是做人间宰相。"卢杞说："能
够留在此处，实在是我的最大愿望。"女郎高兴地说："这
是水晶宫啊！我是太阴夫人，仙格已经很高。您留在这里，
便是白日升天了。然而需要确定你的愿望，不能改变，以
免连累我。"女郎就拿出青纸写奏章，当庭拜奏，她说："必
须呈报上帝。"过了一会儿，听到东北一带有人大声说："上
帝使者到！"太阴夫人与众仙赶快降阶相迎。一会儿，出现
了幢节香幡，引导着一个穿大红衣服的年轻人立于阶下。
穿红衣那人传达上帝的命令说："卢杞！看到了太阴夫人
的奏折，说你愿意住在水晶宫。你打算如何？"卢杞不说话。

太阴夫人令他快答应，可是卢杞还是不说话。夫人与左右仙官都很害怕，赶快跑进宫，取出五匹鲛绡，用它贿赂使者，想让他延缓一下。大约有吃顿饭的时间，天使又问："卢杞！你想要住在水晶宫？还是做地仙？或者回到人间当宰相？这次必须决定。"卢杞大呼说："我要做人间宰相！"红衣天使很快离去。太阴夫人失色说："这是麻婆的过错。赶快把他领回去！"就把他们推入葫芦。卢杞又听到风和雨的声音，不一会儿，便回到过去住的地方，满是灰尘的床榻还是原样。这时已经半夜了，葫芦和麻婆同时不见了。

董 仲 君

　　汉武帝宠幸李夫人。李夫人死后，汉武帝想要见到她，就下诏把董仲君找来，告诉他说："我想念李氏，还可以见得到她吗？"仲君说："可以从远处看而不可在同一帷席上。"汉武帝说："见一面就满足了。请你把她招来。"仲君说："黑河的北面有个望野之都，那里出产一种隐含花纹的石头。那种石头颜色是青的，质地轻得像羽毛，严寒时石头就温热，酷暑时石头就寒冷。用它雕刻成人像，神态和言语跟真人没有差别。让这石像前去，夫人就来了。这种石头能够传递翻译人的语言，有声音没有气息，很是神奇。"汉武帝说："这种石头能得到吗？"仲君说："希望您给我一百艘楼船，一千个大力士。"汉武帝选派能浮水、能上树的人，董仲君都让他们掌握道术，带着不死之药，这才到达了昏暗的海上。过了十年回来了，从前去的那些人，有的升天不归，有的托形假死，能够返还的仅有四五人，才得到这种石头。董仲君就令工匠依照先前画的图样，刻成李夫人的形象。不久，石像刻成了，放到轻纱帷幕之中，容貌像李夫人活着的时候一样。汉武帝非常高兴，问仲君说："我能离她近点吗？"仲君说："譬如在半夜时忽然做个梦，而在白天能与梦中人亲近吗？这种石头有毒，只适宜在近处望，不可靠近啊。您不要轻视自己的万乘之尊，被这个精魅所迷惑。"汉武帝就听从了他的劝谏。汉武帝见完夫人，董仲君就派人把这个石人捣为九段，使汉武帝不再思念梦境，就修筑了梦灵台，按时祭祀她。

彭 祖

　　彭祖，姓名篯铿，是远古时代颛顼帝的玄孙，到殷代末年时，彭祖已经七百六十七岁了，但一点儿也不见衰老。彭祖少年时就喜欢清静，对世上的事物没有兴趣，不追名逐利，不喜爱豪华的车马服饰，把修身养性当作头等大事。君王听说他的品德高洁，就请他出任大夫。但彭祖常常以有病为借口，不参与公务。他非常精通滋补身体的方术，常服用"水桂云母粉""麋角散"等丹方，所以面容总像少年人那样年轻。然而彭祖十分稳重，从来不说自己修炼得道的事，也不装神弄鬼地惑乱人心。他清静无为，幽然独处，很少到处周游，即使出行，也是一个人独自走，人们不知道他到什么地方去，连他的仆从也不知道他到哪儿去了。彭祖有车有马，但很少乘用，出门时常常不带路费和口粮，一走就是几十天甚至几百天，但回来时仍和平常一样非常健康。平时他常常静坐屏气，心守丹田，从早晨一直到中午都端端正正地坐着，用手轻轻揉双眼，轻轻按摩身体的各部位，用舌头舐嘴唇吞咽唾液，运上几十次气，然后才收功，起来散步谈笑。如果他偶尔感到身体疲倦或不舒服，就运用闭气的方法来治体内的病患，让胸中所运的气散布到身体的各部位，不论是脸上的九窍、肺腑五脏、手足四肢还是身上的毛发，都让气逐一走到。这时就会觉得气像云一样在身体中运行，从鼻子、嘴一直通到十指的末端，不一会儿就觉得通体十分舒畅了。君王去看望彭祖时，也常常不通知他，偷偷留下珍宝玩物赏给他就走了。君王给彭祖的赏赐前后有几万金，彭祖也都接受了，但立刻就用它们救济穷苦的人们，自己一点也不留。还有一位叫采女的人，也是从少年时就开始修道，已经二百七十岁了，但看起来只有五六十岁，她也很精通修炼的方术。君王让采女住在嫔妃的掖庭宫中，为她建了华丽殿阁，赏赐她不少金玉。有一次，君王让采女乘上华贵的马车去看望彭祖，向彭祖求教修行的要点和延年益寿的方法。彭祖说："如果想要升入天堂去仙界做仙官，就要常服金丹。太一元君就是因为常服金丹才白日升天的。不过这是道术中最高的，人间的君王是做不到的。其次就是要养精蓄锐，服用药草，可以长生。但是不能搞那些驱使鬼神、乘风飞行的邪术。

大宛山里有一位青精先生，活了一千岁仍像童子，能够长年不吃东西，也可以一天吃九餐，你不妨去向他求教修炼之术。"采女问道："那么青精先生是位什么神仙呢？"彭祖说："他也不过是个得道的人，不是什么仙人。凡是仙人，或者能够纵身入云，没有翅膀而能飞翔；或者能乘着龙驾着云直达天庭；或者能变化成鸟兽翱翔在云中，畅游在江海，飞越穿行于名山大川。还有些神仙以天地之元气为食，或者吃仙药灵芝，或者出入于人世间而凡人看不出他们是神仙，或者隐藏起自己的身形使人看不见。有的神仙脸上长着非凡的骨相，身上有奇异的毛，孤独自处，不与凡人交往。然而这些仙人虽然能够长生不死，但他们与人情世故相去太远，与人世完全隔绝了，就像鸟雀变成蛤蟆，山鸡变成海蜃，已经失去了本身的真实，成为一种怪异的东西。以我愚笨的想法，我是不愿意变成那种仙人的。修炼道术，就应该吃甘美的食物，穿轻柔华丽的衣服，懂得阴阳相通相变的道理，也完全可以做官。修道的人应该骨骼健壮，面色和体肤十分有光泽，虽年老而不衰弱，年岁越大见到的事越多。长年在人间，冷热风湿伤不着，鬼神精怪不敢犯，五种兵器和百种毒虫都不能靠近，别人的褒贬议论都毫不在乎，这些都是最可贵的。人本来就接受着天地之气，即使不懂得修道的方术，但只要有适当的修养，也可以活到一百二十岁。如果稍微懂点道术，也可活到二百四十岁。再要多懂些道术，就可以活到四百八十岁。真正弄通了修炼的原理，就能长生不死了，只是不能成仙而已。延年益寿最根本的一条就是不要使身心受到伤害：要适应冬寒夏热的四季气候变化，使身体永远舒适，对美人女色和悠闲娱乐都要适可而止，不要被贪欲所诱惑，这样你的内心就可以安然洁净，对于做官时的车马仪仗服饰，都知足而不贪求，这就能使你志趣专一；音乐绘画使人赏心悦目，使你的心灵能够得到启迪。所有上面这些，都能养身益寿。但是如果不能掌握这些分寸，反而会对自己有所伤害。古代的圣人，担心愚钝的人们不掌握事情的分寸，沉浸在欲河中流连忘返，因而要断绝人欲之源。所以有些非常高洁的雅士们不与妻子同床，其次的一些士人们则不和妻子同被。就是吃上一百服药，也不如一个人独自静卧修养。音乐听得过多会使人耳聋，美味吃得过多反而败坏人的口味。

如果对一切都有所节制适可而止，正确地处理通畅和堵塞的关系，不但不能减寿，还能够获得好处。这一切就像水、火的使用，用得过分，必然要受害。人们常常不理解，如果经脉受到了损伤，血气不足，内脏虚弱，髓脑也不坚实，身体必然要生病。而这病恰恰是因为受了外界的伤害，比如天气变化或酒色过度引起了内损，而并不是人自身就会生出病来。思虑过多、用脑过度、过忧过喜、悲哀过度、愤怒气恼、过分企求、阴阳不能协调，这些都能伤人。这么多对人体有害的事情，却偏偏要对男女之事加以禁止，岂不是令人感到奇怪？男女相辅相成，与天地相生是同一个道理。所以男女之间的事更要讲究以气养神，不能过分而失去协调。天地按照阴阳交接的规律就可以永无终极，人如果失去交接的和谐就会受到伤害。人如果避开伤害而得到阴阳和谐之术，就得到了长生之道。天与地是白天分晚上合，一年有三百六十次交接，天的阳气和地的阴气融合在一起，才使得万物滋生无有穷尽。人如果能符合天道，就能够长存。其次就是吐纳运气的法术，得到这种法术的人，邪气就不能侵害他，这是修炼自身的根本所在。其他像吐纳导引、含影守形等方法有一千七百多条，以及四季睡觉时头应朝哪个方向、经常检讨自己的过错、睡眠和起床的早晚等方法，都算不上修道的真谛，不过可以教那些初学修道的人入门而已。一个人如果能够修身养性，运气炼身，那么万神都会来到他的心中。如果不能很好地调养自身，把身体搞得十分衰弱，那万神也就自然离去，就是再悲伤也不会把神留住。修道的人如果不能找到最根本的道理而去舍本逐末，有得道的人郑重指点还不相信，对那些讲解真正修炼道理的书籍不去认真阅读却说书上讲得太浅薄，一见到论述天界、

太平广记

北神的大部经典就嫌太难懂而不去攻读，这样的人到死也不会有什么获益的，这不是很可悲的事吗？还有的人尽管苦于世间俗事缠身，但又不甘心抛开尘世独自到山中去居住修行。这种人就是教给他修道的方法，他也不会去认真实行，因为他们没有仁人志士的那种真诚的心意，以为只要自己关上房门在屋里炼闭气的功夫，不想凡俗的事并节制饮食就可以得道了。我的先师曾著过《九都》《节解》《指教》《韬形》《隐遁》《尤为》《开明》《四极》《九灵》等论述道术的经典，共有一万三千条，用以教导那些刚入门学道的人，你拿去参照着使用吧。"采女从彭祖那里得到了这些学道的要点，回去后教给君王，君王试了一下很灵验。殷王得到了彭祖的道术后，一直想秘而不宣，并在国内下了命令，说谁要敢传扬彭祖的道术就杀头，他还想杀害彭祖以使他的道术失传。彭祖知道以后就走掉了，也不知去了哪里。过了七十多年以后，听说有人在流沙国的西部见到了彭祖。殷王并没有按彭祖的道术修炼，但也活了三百多岁，气力还像五十岁的人一样强壮。后来由于他得了一个妖艳的女子郑氏，骄奢淫逸，终于失去了道行而死。民间流传凡是传播彭祖道术就被杀，就是指的殷王禁传彭祖道术的事。后来有一位黄山君按照彭祖的道术修炼，已经活了几百岁，面貌仍似少年。彭祖成仙后，人们把他的论述记录下来，就成为《彭祖经》。

卢 延 贵

　　卢延贵被任命为宣州安仁场官员，在上任的途中遇上了大风，把船停在大江里住了几天。他闲暇无事便登岸散步，不知不觉间走出去很远。遥望前面大树底下有一所房子，他走近一看，见屋里有个东西，像人又像野兽，见了人便朝你走来。卢延贵非常害怕，急急忙忙逃走，那东西却连连呼喊："不要害怕，我是个人！"延贵走到他跟前，见他生得高大奇异，裸露着身子，遍身有毛，毛长有好几寸。他自己说是做买卖的，近几年行船，走到这里遇上了大风，全家都沉没到水里去了，只剩下自己活着上了岸，天天吃草根，喝山沟里的水，这才活了下来，过了一年多身上就长出了毛。从那以后便不吃不喝，因为太孤独而伤心难受，再没有回到世上去的念头，就在这个地方安家住了下来，至今已经十多年了。延贵问他一个人住在这里，难道没有虎豹等猛兽来侵害吗？他答道："我已经能够腾空飞越，虎豹之类对我没有办法了。"延贵在那里待了很长时间，又问他有没有需要的东西。他说："也有。我在溪水里洗澡的时候，总因为洗完后身上不能很快干燥而犯愁，如果能有几尺布做浴巾，那就好了。还需要一把小刀，用来采掘药物，那更好。您能送给我这两样东西吗？"延贵要领他到自己船上去，他说啥也不肯。延贵只好给他送去浴巾和小刀，然后就走了。卸任之后，卢延贵又去找那个人，结果迷路了。后来没人再碰见过那个人。

法　本

晋朝天福年间，考功员外赵洙说，近日有个僧人从相州来到京城对他说："贫道在襄州禅院里与一个叫法本的僧人一起避暑，朝夕共处，情投意合。法本经常说：'贫道在相州西山中住持竹林寺，寺前有石柱。他日闲暇时，请你一定去访向我。'"这位僧人一直记着法本的话，便去相州寻访法本。他到了相州西山下的村庄，在一座寺庙里寄宿。他问村里的僧人，去竹林寺还有多远。村中僧人指着远处孤峰的侧面说："那个地方就是竹林寺。自古以来代代相传，说那个地方是从前圣贤所居之地。但是现在只保留下竹林寺的名称，并没有寺院房舍。"这位僧人表示怀疑，第二天一早就朝那里走去。走到竹林丛中，果然看到有石柱，但除了石柱之外，再也看不到可供找寻的标志。他想起法本临别时说过，只要敲击石柱就能见到他本人，于是就用手中的小锡杖敲了石柱几下。顿时风雨四起，眼前漆黑一团，咫尺之内都看不见东西。眨眼之间又豁然开朗，耳目为之一新，只见楼台双双耸立，自己就站在寺庙的山门跟前。不大一会儿，法本从寺内走了出来，两人相见十分高兴，又问起当初在襄州相处时的往事，然后就领着这位僧人穿过重门，走上秘殿，参见法本的老前辈。老前辈询问法本为什么领进这位僧人来，法本说："早年在襄州一起避暑时，约他来此访问我，所以他才来到山门下的。"老人家说："请他吃过饭后就出去吧。在这里没有他的座位。"吃完饭后，法本送他到山门。于是两人相别。他与法本刚刚分手，就见眼前天昏地暗，不知该往哪里走。转眼之间，他已站在竹林丛中石柱旁边，刚才看到的一切全不见了。由此可知，古代圣贤在世间是存在的，只不过他们的存在或隐或显很难辨清而已，岂止像金粟如来等能够化身而出现在世上呢！

灵 隐 寺

北齐初年，嵩山高士沙门宝公从由林虑去白鹿山时迷路了。快到中午了，忽然听到远处传来了钟声。他循着钟声前进，翻山越岭，见一座寺庙坐落在树林的深处，山门正对南方，金碧辉煌。他走到山门跟前一看，门上的匾额写的是"灵隐寺"三个大字。门外有五六只狗，都像牛一样大，一律是白毛黑嘴巴，有的跳跃，有的趴在地上一动不动，但都盯着宝公。宝公吓得正要往回走，转眼之间便见一位外籍和尚走来。宝公上前打招呼，他却既不应声也不回头看一眼，直奔大门而入。那六只狗也都跟在他后边。过了一会儿，宝公看见有人陆陆续续地进了门，殿堂四周的门房都关闭了。宝公进了讲堂，只见床榻与高座摆放得整整齐齐，他到西南角的床上坐了下来。过了好长时间，忽然听见东边有声音，抬头一看，只见房顶上有一个井口大的窟窿，许多和尚一个接一个地从那里跳了下来，总共有五六十人。大家依次坐定之后，便互相询问今天在什么地方吃的饭，有说在豫章的，有说在成都的，有说在长安的，有说在陇右的，还有说在蓟北、岭南乃至五天竺的，说什么地方的都有，每个地方都离这儿上万里。最后一个和尚从空中下来时，其他人争着问他为什么来得这么晚，他说："在今天相州城东彼岸寺中鉴禅师的讲会上，一个个各抒己见，有个后生聪明英俊，接连不断地提问和辩难。那种场面实在可观。不知不觉之间我就来晚了。"宝公本是鉴禅师的门徒，听了这些话后，就想过去搭话，于是整了整衣服站起来，告诉那些和尚道："鉴禅师是宝公的师父。"那些和尚直打量宝公。顷刻之间，整个灵隐寺就消失了，只剩下宝公一个人坐在柞木上，除了山谷与翻飞喧叫的禽鸟之外，他什么也看不到。宝公出了山后，把这件事告诉了尚统法师，并问他这是怎么回事。法师说："这座寺庙是石赵时佛图澄法师建造的，距离现在好多年了，古代圣贤们住在这里面。这不是个平常的地方，它有时沉没有时隐蔽，经常迁移变化。现在从那座山上走的人，还能听到钟声。

太原孝廉

唐代大历年间，太原盗马贼诬蔑孝廉，说孝廉和自己是同伙，孝廉被拷打了十天。因熬不过刑讯的痛苦而屈打成招，但是审案的官员疑心他是冤枉的，没有给戴刑具。这个人一心念金刚经，他的声音哀切，昼夜不停。一天，有两节竹子落在狱中，转动着停在这位孝廉前面，其他囚犯争着去拿。狱卒怕里边藏着兵刃，于是便劈开，发现内部有两行字，是："犯法的尚且饶恕，何况他并没犯法。"字写得很工整。贼首悲痛后悔，全都承认因以前跟他有嫌隙而诬陷他。

魏伯阳

魏伯阳是吴国人，出身门第很高，但非常喜欢道术。后来，他带着三个弟子进山去炼丹。丹炼成以后，魏伯阳知道有的弟子心意太诚，就故意试验他们说："丹虽然炼成了，但最好还是先拿狗试一试。如果狗吃了丹以后飞升腾空，然后我们才能吃。如果狗吃了丹死了，那人就不能吃。"于是就把丹给狗吃，狗当时就死了。伯阳就对弟子们说："炼丹时唯恐炼不成功，现在炼成了，狗吃后却死

太平广记

了。我想恐怕是我们炼丹违背了神灵的意旨，如果我们吃了也会像狗一样死去，这可怎么办呢？"弟子说："先生吃不吃这丹呢？"伯阳说："我违抗了世俗的偏见，离家进山，没有得道，实在没脸再回去，不管是死是活，我都得把丹吃掉。"说完就把丹服下去了。刚一吃完，伯阳就死了。弟子们互相大眼瞪小眼，说："本来炼丹是为了长生不死，现在吃了丹却死了，真是没法办了。"只有一个弟子说："我看老师不是平常人，吃丹后死了，大概不是他的真心吧。"说完就拿丹吃下去，也立刻死了。剩下的两个弟子互相说："咱们炼丹就是为求长生，现在吃了丹就死，要这丹有什么用呢？不吃它，仍可以在世上活它几十年。"于是他俩都没有服丹，一块儿出山，打算给伯阳和已死的弟子寻求棺材。两个弟子走后，伯阳就站起来了，把自己所服的丹放在那个死弟子和白狗的嘴里，弟子和狗都活了。这个弟子姓虞，和伯阳一同升仙而去。在路上，他们看见一个上山砍柴的人，伯阳就写了封信让砍柴人捎给那两个弟子，两个弟子十分懊悔。魏伯阳著了《参同契五行相类》，一共三卷，表面上是论述《周易》，其实是假借《易经》中的八卦图像来论述炼丹的要领。后来的儒生们不懂得炼丹的事，把魏伯阳这部书当成论阴阳八卦的书来注解，这和书的原意就相去甚远了。

郑 生

　　唐朝荥阳人郑生，擅长骑马射箭，凭勇敢强悍、矫健敏捷而闻名，家在洛阳郊区。有一天趁着酒醉，他手拿着弓，腰上挂着箭囊，骑一匹快马，独自在田野间奔驰。离他家约几十里了，天色已晚，又赶上大风雨，没办法，郑生就在大树下避雨。过了很长时间雨才停，但是天已黑了，迷失了道路，郑生只好骑着马随意走。走不多远，忽然看见路旁有座门楼。走近才知是座神庙。郑生把马拴在庙门外，刚进到屋里，忽然感到很害怕，立刻藏在东厢房下，听到庙左边的空屋子里有窸窸窣窣的声音，郑生心里怀疑是鬼，就拉起弓搭上箭等待着。不一会儿，郑生看见一个男人，身体高大但衣服很短，身后背个包袱拿着剑从空屋子里出来，然后就提着剑大声说："我是强盗，你难道也是强盗？"郑生说："我家住在洛阳郊外，到这里之前因独自骑马在田野里跑，正遇大风骤雨，又迷路了，所以才到这里藏身。"拿着剑的人说："你既然不是强盗，难道没有伤害我的心思吗？放我逃走，一定要经过东屋廊下，希望你解下弓弦交给我，我才敢放心走。不这样，我就会死在你这小子手里。"原来郑生经常另备一个弓弦在衣袖里，于是就解了弓弦，扔到剑客前面，偷偷地把另一个弓弦系到弓上。贼人已经得到弓弦，就到了东屋下，要杀掉郑生灭口。郑生急忙拉弓搭箭，贼人就逃跑了，并说："你这小子果然聪明，我犯了罪本来该死啊！"郑生说："我不害你，你为什么怀疑我？"贼人多次拜谢，郑生就躲到西屋来躲避贼人，看见贼人跑了，他又害怕贼人率领同伙再回来，就上到高处藏起来。过了很长时间，月亮出来了，郑生忽然看见一个妇人，长得很漂亮，从空房子里出来，在院子里哭。郑生问她为什么哭，她说："我家住在这个村子里，被强盗引到这里来，他贪图我的衣服好，就在空屋子里把我杀了，扔掉尸体跑了。今有幸遇到公子，希望你为我昭雪申冤。"又说："那贼人今天晚上应该藏在田横的坟墓里，希望你快点追他，

太平广记

〇四一

不要失掉机会。"郑生答应了妇人拜谢后走了。等到天亮，郑生查看，果然看见一具女尸。郑生立即骑马到洛阳，把所遇到的情景向河南府尹报告了。府尹命令府吏去捕捉，果然在田横墓里抓到了贼人。

汉 高 祖

荥阳南面的原野上有一口破旧的井，当地的老人说："汉高祖曾经在这个井里躲避项羽，被两只鸠鸟救了。"所以世上都流传着这样的说法：汉高祖当时避战乱，躲藏在破井里，有两只鸠鸟落在井上面，谁知道井下面还有人呢。以后汉朝每年正月的第一天，都要放两只鸠鸟，就是从这儿开始的。

尉 迟 敬 德

隋朝末年，有个书生在太原居住。家里很穷苦，只好靠教书养家糊口。他家离官府仓库很近，有一次，他挖了一个洞钻了进去，那库内有几万贯钱，于是他想拿些钱。这时出来一个戴金甲的人，手里拿着枪对他说："你要钱，可以到尉迟公那里要个公帖，这是尉迟敬德的钱。"于是书生就到处访求尉迟敬德，可一直也没有找到。有一天，他到了打铁的铺子里，听说有个打铁的尉迟敬德，正在赤着上身蓬着头发打铁。书生等到他休息了，就上前拜见。尉迟就问他："为什么这样？"书生说："我家很贫困，您又很富贵，想要五百贯钱，不知能不能给？"尉迟很生气说："我是个打铁的，怎么能富贵？你是在侮辱我吧！"书生说："如果你能可怜我，只要给我写个字条就可以，以后你就会知道怎么回事了。"尉迟没办法，只好让书生自己写字条。字条上写："今付某某五百贯钱。"又写上具体时间，在最后署上尉迟的名。书生得到字条拜谢后拿着走了。尉迟公和他的徒弟拍着手大笑，认为这书生太荒谬了。书生得到字条后回到库里，又见到金甲人，把字条呈给他，金甲人看后笑着说："对。"让书生把字条系在房梁上边，让书生拿钱，只限五百贯。后来敬德辅佐英明的君主，立下特大的功劳，当他解甲归田时，皇帝恩赐给他钱，另加一库财物还未启封。于是就得到了那一库钱，等开库看钱，对账查点，发现少了五百贯。正要处罚守库人，忽然发现在房梁上的字条，敬德一看，原来是打铁时写的字条。他一连几天惊叹不已，派人暗暗寻找书生，找到后，书生把所见到的事都告诉了敬德，敬德又重重赏了他，又把库中的财物分给了以前的朋友们。

河间男子

　　晋武帝的时候，河间有一对青年男女相爱，并且订下了婚约。订婚以后，男青年当兵走了好几年，女青年的父母又把她嫁给了别人，她悲愤过度死了。男青年当兵回来非常悲伤，来到女青年的坟前想要大哭一场，但是由于悲愤难忍，便将坟挖开，将棺材打开了，女青年竟苏醒过来。男青年将她背回家里，调养几天以后恢复了体力。女青年的丈夫知道以后赶去，要把媳妇要回去。男青年不给，并且对他说："你的媳妇已经死了，天下有谁听过死人还能复活的！这个媳妇是天赐给我的，不是你原来的媳妇。"

两人争执不已去打官司，县官和郡守都无法判决，便上报给廷尉审理。廷尉认为，这是男青年的真诚感动了天地，所以女青年死而复生。这件事在常理之外，所以也不能用常理来进行推断和量刑，于是将这个死而复活的女青年判给了男青年。

萧 史

萧史是位仙人，不知道他是什么时候得道成仙的，看容貌像是二十来岁的人。他善于吹箫，而且能让箫发出鸾凤和鸣的声音。萧史风度翩翩，潇洒英俊，真是一位地地道道的神仙。但他却混迹在人世间，谁也不知道他是仙人。

秦穆公有个女儿名叫弄玉，也很会吹箫，穆公就把她嫁给了萧史。从此，萧史就教弄玉吹箫学凤的鸣声。学了十几年，弄玉吹出的箫声就和真的凤凰的叫声一样，甚至把天上的凤凰也引下来了，停在他们的屋子上。秦穆公专门为他们建造了一座凤凰台。萧史、弄玉就住在那里，好几年不吃不喝。有一天，弄玉乘上凤、萧史骑着龙，两人双双升空而去。秦国的人后来建了凤女祠，祠里还能常常听到箫声。现在洪州西山顶上还有一个石屋，里面有萧史的仙坛，还有萧史本人的图像。不知是哪朝哪代留下的。

蔡 邕

张衡死的那个月，正是蔡邕母亲怀孕的时候。他们两个人的相貌和才能非常相似，人们说，蔡邕是张衡所托生的。当初司徒王允好几次同蔡邕辩论，王允经常理屈词穷，因此而怨恨蔡邕。后来王允诛杀了董卓，并且拘捕了蔡邕。太尉马日磾对王允说："蔡邕忠厚正直，素来有忠孝的名声，况且又是旷世奇才。目前刚刚恢复了汉朝的事业，应该整理律历、礼乐、刑法等十项基本制度，在这个时候将蔡邕杀了，恐怕会令天下的人失望。"王允说："没有蔡邕就难以独当一面？不能写定十项基本制度有什么妨碍？"于是把蔡邕杀了。东国宗尊敬蔡邕，所以不叫他的名字，都称为蔡君。"兖州的陈留还画了蔡邕的画像来颂扬他，说他的文章同三闾大夫屈原一样好，忠孝与曾参、张骞齐名。

唐 玄 宗

　　唐肃宗做太子的时候，经常陪着皇帝玄宗吃饭。有一次御膳房准备了熟肉，其中有熟羊腿。皇帝让肃宗把羊腿分割开来，肃宗便将羊腿割开，然后他用饼把手上沾满的羊油擦下去，皇帝看了不高兴。肃宗擦完手把饼吃了，皇帝非常满意，对肃宗说："应当爱惜幸福的生活。"

东 方 朔

　　东方朔的小名叫曼倩。父亲叫张夷，字少平，母亲是田氏。父亲张夷活到二百岁时，面貌仍像儿童。东方朔出生三天后，母亲田氏死了，这时是汉景帝三年（前154）。一邻家妇女抱养了东方朔，这时东方刚刚发白，就用"东方"做了他的姓。东方朔三岁时，只要看见天下任何经书秘文，看一遍就能背诵出来，还常常指着空中自言自语。有一次，养母忽然发现东方朔失踪了，过了一个多月才回来，养母

太平广记

〇四五

就鞭打了他一顿。后来东方朔又出走了，过了一年才回来。养母看见他大吃一惊说："你走了一年，叫我怎么不担心呢？"东方朔说："你儿我不过到紫泥海玩了一天，海里的紫水弄脏了我的衣服，我又到虞泉洗了洗，早上去的中午就回来了，怎么说我去了一年呢？"养母就问："你都去过什么地方？"东方朔说："我洗罢衣服，在冥间的崇台休息，睡了一小觉，冥间的王公给我吃红色的栗子，喝玉露琼浆，差点把我撑死了，就又给我喝了半杯九天上的黄露。我醒了，回来的路上我遇见了一只黑色的老虎，就骑上它往回走。因为我着急赶路使劲捶打那老虎，所以老虎把我的脚都咬伤了。"养母听完心里很难过，就撕下一块青衣裳布给东方朔包扎脚伤。后来东方朔又出走，离家一万里，看见一株枯死的树，就把养母裹在他脚上的布挂在了树上，那布立刻化成了一条龙，后人就把那地方叫"布龙泽"。

汉武帝元封年间，东方朔到宇宙未分天地时的大湖上游玩，忽然看见他的母亲田氏在白海边上采桑叶。这时忽然有一个黄眉毛老人来到面前，对东方朔说："她从前是我的妻子，是太白星神转生到世上。现在，你也是太白星神了。我吞气修炼已经九十多年，我两只眼睛的瞳孔里可以射出青光，能看见阴暗地方隐藏的东西。我三千年换一次骨骼和骨髓，两千年蜕一次皮除一次毛发，我生来已经三次换骨五次脱皮了。"东方朔长大后，在汉武帝朝中任太中大夫。汉武帝晚年时爱好道家成仙之术，和东方朔很亲近。一天他对东方朔说："我想让我喜欢的人长生不老，能不能做到呢？"东方朔说："我能使陛下做到。"汉武帝问："须服什么药呢？"东方朔说："东北地方有灵芝草，西南地方有春生的鱼，这都是可以使人长生的东西。"武帝问："你怎么知道的？"东方朔说："三只脚的太阳神鸟曾下地想吃这种芝草，羲和氏用手捂住了三足鸟的眼睛，不准它飞下来，怕它吃灵芝草。鸟兽如果吃了灵芝草，就会麻木得不会动了。"武帝问："你怎么知道的呢？"东方朔说："我小时挖井不小心摔到井底下，十几年上不来。有个人就领着我去拿灵芝草，但隔着一条红水河渡不过去，那人脱下一只鞋给了我，我就把鞋当作船，乘着它过了河摘到灵芝草吃了。这个国里的人都用珍珠白玉串成席子，他们让我进入云霞做成的帐幕里，让我躺在墨玉雕成的枕头上，枕头上刻着日月云雷的图案，这种枕头叫'镂空枕'，也叫'玄雕枕'。又给我铺上貂毛做的贵重的褥子，是用一百只貂的毛织成的。这种褥子很凉，通常是夏天才铺它，所以叫作'柔毫水藻褥'。我用手摸了摸，以为是水把褥子弄湿了，仔细一看才知道褥子上是一层光。"有一次汉武帝在灵光殿休息，把东方朔召到寝宫绮窗的丝绸帐前，向他请教道："汉朝皇室以阴阳五行中的'火德'为命运的主宰，那么，你觉得皇室中要奉祀什么神灵来佑护呢？"东方朔说："我曾游过西方天界的峡谷，在长安东面，到扶桑国后还得走七万里，那里有座云山。云山顶上有一口井，云都是从井里升起来的，云的颜色与帝王的'五行'的德运完全符合。如果帝王是土德，井中就升起黄色云；金德，就升起白云；火德，就升起红云；水德，就升起黑云。"武帝相信东方朔说的。太初二年（前103），东方朔从西方的那邪国回来，带回来十枝"声风木"献给武帝。这种树枝有九尺长，手指那么粗，这种"声风木"产自西方"因霄国"的河边，由于因霄国的人善于长啸，所以树木也能发出声音。这就是《尚书》中《禹贡》一章中所记的"因桓"的来历。此树生长的河源，那里的水很甜，水边树上面聚集紫燕和黄鹄等鸟类。这种"声风木"结的果实像小珍珠，风一吹就发出珠玉的声音，所以叫"声风木"。武帝把声风木的树枝赏给大臣们，只有年过百岁的大臣才能领赏。如果这位大臣得了病，树枝自己就会渗出水珠；如果这位大臣快死了，树枝自己就会折断。古时的老子在周朝活了二千七百岁，那树枝从来没有渗出过水珠。还有仙人洪崖先生在尧帝时已经三千岁了，树枝也没折断过。武帝就赏给东方朔一枝"声风木"，东方朔说："我已经看见这树枝枯死了三次，但又死而复活了，岂止是渗水出汗和折断呢？有说话：一个人的寿数不到一半，那树枝就不会渗水出汗。这种树五千年渗一次汗珠，一万年才枯一次。"武帝相信东方朔的解释。天汉二年（前99），武帝移住苍龙馆，非常渴望成仙得道，就召集了不少懂道术的方士，让他们讲述远方国家的奇闻逸事。这时只有东方朔离开座位写了一道奏章呈给武帝说："我曾去过北极的镜火山，那里太阳月亮都照不到，只有龙口衔着灯烛照亮山的四极。山上也有园林池塘，种植了很多奇花异树。有一种明茎草，长得像金灯，把这种草折下来点燃，能照见鬼魅。有位神仙叫宁封，曾在夜晚点燃了一根这种草，可以照见肚子里的五脏，所以叫它'洞腹草'。如果皇帝把这种草割下来剁碎做成染料，涂在明云观的墙上，夜里坐在观内就不用点灯了，所以这种草也叫'照魅草'。如果把这种草垫在脚下，就能入水不沉没。"东方朔还曾经游历过五色祥云升起的地方，得到一匹神马，有九尺高。武帝问这是个什么神兽，东方朔说："当初西王母乘坐着云光宝车去看望东王父，把驾车的马解开，马就跑到东王父的灵芝田里，东王父大怒，把马赶到天河岸边。正好我那时去朝拜东王父，就骑着那匹马往回返。这马绕着太阳转了三圈后奔向汉关时，关门还没闭。我在马上睡了一觉，不知不觉就回到了家。"武帝问马叫什么名字，东方朔回答："按它的情况起名，叫'步影驹'。这马来到世间后，我再骑它时，却和劣马笨驴一样又慢又迟钝了。我在五色祥云升起的地方种了一千顷的草，草地在九景山的东边，两千年开一次花，明年就到时候了，我去把那草割来喂马，马就不会再饿了。"东方朔又说："我曾到过东方的极地，经过了吉云之泽。"武帝问："什么叫吉云？"东方朔说："吉云国里常用云的颜色来预卜吉凶。如果将要有吉庆的事，满屋就会升起五色祥云，光彩照人。这五色吉云如果落在花草树木上，就会变成五色露珠，露的味道十分甘甜。"武帝问："这吉云和五色露你能弄些来吗？"东方朔说："我割来吉云草把马喂饱后，骑上马去就可以弄来，一天可以往返两三趟。"于是东方朔就骑上神马往东走，晚上就赶回来了，弄来了黑、白、青、黄四种颜色的露水，装在青色的琉璃杯中，每个杯中装了半升献给武帝。武帝把五色露赏给大臣们，大臣们喝下了露水，老人都变成了少年，有病的都立刻痊愈了。汉武帝有一次看见天空出现了彗星，东方朔就折了一根"指星木"给了武帝，武帝拿它向天上一指，彗星立刻就消失了，当时的人都不知道是怎么回事。东方朔善于高声长啸，每当他长啸时，会震得尘土漫天飞。东方朔没死时曾对同僚说："天下人谁也不了解我东方朔，只有太王公知道我。"东方朔死后，武帝就招来太王公问他："你了解东方朔吗？"太王公说："我不了解。"武帝问："你有什么特长呢？"太王公说："我对星宿历法有研究。"武帝问他："天上的星宿都在吗？"回答说："诸星都在，只有木星失去了十八年，现在又出现了。"武帝仰天叹息说："东方朔在我身边十八年，我竟不知道他就是木星啊！"武帝心里很难过。东方朔其余的事在别的书中都有记载，这里就不多写了。

张 道 陵

　　张道陵是沛国人，原是太学中的书生，精通五经。晚年时，他感叹地说："精通五经对延年益寿没有一点用处啊！"就开始热心研究长生之道。他得到了黄帝的"九鼎炼丹秘方"，就想照着秘方试验炼丹。但炼丹的药石非常贵，张道陵家非常穷，要想致富没有门路，种田放牧又不是他的专长，干脆就不干了。他听说四川人淳朴，容易接受教育点化，而且四川名山很多，就带着弟子去了四川大足县，进了鹄鸣山，写了二十四篇论述道术的文章，都是他苦苦思索修炼真谛的体会。有一天，忽然有神仙从天而降，他们成千上万，或乘车骑马，或驾龙骑虎，数都数不过来。神仙中有的自称是柱下史，有的自称是东海小童。仙人们把太上老君新出的《正一明威秘篆》和《正一法文》传授给张道陵。张道陵从这两部经卷中得到了治病的仙方，于是百姓们都聚在他身边求他治病，拜他为师，弟子成千上万。于是张道陵在弟子中设立了"祭酒"的官职以管理弟子们，和政府的官职称谓一样。他还叫弟子们按照需要轮流缴纳米粮、器具、纸笔、柴草等东西，派人修整道路，不参加修路的懒惰弟子，张道陵就让他们生病。县里本来就有很多桥梁道路需要修复，但一直无人过问，现在张道陵一号召，百姓们争先恐后地清除道上的野草，清挖堵塞的河道。有些愚昧的人不知道这些事都是张道陵授意的，还以为是上天的旨意呢。张道陵还想唤起人们的廉耻心，以此来管理众人。他不愿意动用刑罚，就立了一条制度：凡是有疾病的人，都要把自己有生以来犯过的罪过写在纸上，然后扔到水里，向天神发誓以后永不再犯，再犯就必死。于是百姓们都记得不能犯罪，犯了罪的就会生病，生病时就要把自己的罪过都交代出来，这样做一是为了使病能痊愈，二是由此产生羞愧心，不敢再犯，因为惧怕天地神灵而改过自新。从张道陵实行了这个办法后，凡是犯过罪的，都改恶向善了。张道陵也因此得了很多财物，用这些钱财去买炼仙丹用的草药和石料，终于把丹炼成了。丹炼成后，张道陵只服了一半，因为他不愿升天，这时他已能用分身术把自己分成几十个人了。张道陵的门前有个水池，他常乘船在水中游玩，而他的道友和宾客多得挤满了庭院和街巷。他就用分身术和宾客们谈话应酬，而他的真身还在池中游玩呢。张道陵治病，大多是采用黑白阴阳相生相克的原理，根据具体病情对药方进行改动变化，灵活运用，但总的还是和仙人传授的药方相一致。他常对人们说："你们大都贪恋尘世的欢乐，所以不能超脱凡俗，所以更需要用我的炼气养精的方法来控制男女之事，再配合着服食草本，就可以活到几百岁了。"张道陵有一个最重要的秘方，只传授给王长一个人。有一天，他说应该有一个从东方来的人，这人也应该得到秘方。这个人应该在正月初七的中午到张道陵这儿来，张道陵事先说了这人的面貌身材。到了正月初七的中午，果然来了个叫赵升的人，但不是从东方来的。然而他的形貌身材和张道陵事先说的完全一样。张道陵就对赵升考验了七次，七次都通过以后，才把丹经传授给赵升。第一次考验是，赵升来到张道陵的门口以后，门人不给通报，并辱骂赵升，骂了四十多天，赵升在门外就露宿了四十多天，张道陵才让他进门。第二次考验是，让赵升在田里看守庄稼驱赶野兽，到了晚上，张道陵派了个非常美丽的女子去见赵升。那女子假装是走远路的旅客，要求在赵升这儿过夜，并和赵升同床挨着睡觉，第二天那美女又假装脚痛赖着不走，赵升只好留她住了几天。那女子经常挑逗勾引赵升，但赵升始终行为端正不受诱惑。第三次考验是，赵升在路上走时让他突然看见路上扔着三十块金子，赵升看见后动也没动金子继续走路。第四次考验是让赵升进山砍柴，让三只老虎来撕扯赵升的衣服，但不伤他的身体。赵升一点也没有害怕，脸不变色心不跳，还对老虎说："我是个学道的人，从少年时就没做过坏事，所以不远千里来拜师学道，求长生不老之术，你们这是要干什么呢？莫非是山神派你们来考验我的吗？"三只老虎待了片刻就离去了。第五次考验是，让赵升在街上买了十几匹绢绸，付完钱以后，老板却诬蔑赵升说，他没有付钱。赵升就脱下自己的衣服卖掉，用钱买来了绢绸还给那老板，一点也没有生气怨恨。第六次考验是让赵升看守粮仓，有一个人去向赵升磕头讨吃的。这人破衣烂衫，面目肮脏，全身生满了脓疮，又腥又臭。赵升看见后十分可怜他，甚至流下眼泪。他脱下自己的衣服给那人穿，用自己的粮食为那人做饭。那人临走时，赵升又把自己的粮食送了一些让那人带在路上吃。第七次考验是，张道陵带着弟子们登上悬崖绝壁，下面的石缝间长着一棵桃树，大概有人的胳膊那么粗，桃树下就是万丈深渊，桃树上结着很大的桃子。张道陵就对弟子们说："谁能摘下那桃子，我就把修道的秘诀传授给他。"这时有三百来个弟子都趴在崖边看那桃树，个个吓得双腿打战、背上直

太平广记

流汗，不敢长时间看那桃树，最后都吓得退了回去，说不敢去摘那桃子。这时赵升说："有神灵保佑，有什么危险呢？何况还有我的仙师在这里，他能眼看着我摔死在山谷里吗？既然是仙师让摘这桃子，说明这桃子一定能够摘到的。"说罢，赵升纵身一跳，落在桃树上，身子都没有打晃，摘了一大堆桃子。然而石壁像墙那么陡峭，无法攀登着回到崖上。于是赵升就在下面把摘到的桃子一个一个地扔了上去，一共是二百零二个桃子。张道陵把桃子分给弟子们，自己吃了一个，给赵升留了一个等他上来。大家亲眼看见张道陵的手臂突然加长了两三丈，伸到桃树上去拉赵升，赵升一下子就上来了。张道陵把刚才留的桃子给了赵升，赵升吃完以后，张道陵就站在悬崖边上笑着说："赵升因为心术端正，所以能跳到桃树上连身子都不晃。我也想跳下去，一定能摘着最大的桃子。"弟子们都劝张道陵不要跳，只有王长和赵升不说话。张道陵往下一跳，却没有落在桃树上，不知落到什么地方去了。弟子们看见四面都是高山峻岭，山顶高入云天，往下看是没有底的深谷，连道路都没有。弟子们这时都吓得哭了起来，只有赵升和王长没有哭，两人议论道："老师就像我们的父亲一样，现在他跳进了万丈深谷，我们这样活着心里不安啊！"说完两个人一齐跳下了悬崖，没想到正好落在张道陵的面前。只见张道陵盘腿坐在帐中的床上，他见到赵升和王长，就笑着说："我知道你俩会来的。"接着就向他俩传授了修道的秘诀。三天后，他们三人一同回到家中，弟子们看见以后，又惊又喜。后来，张道陵和赵升、王长三个人都是大白天成仙飞升入云，弟子们仰着头看，只见他们渐渐飞入云中不见了。最初，张道陵进入四川大足县鹄鸣山炼成了仙丹后，只吃了一半，虽然没有升天，但已成为地上的神仙。他不急着升天，就是为了对赵升做七次考验以便超度他，在这七次考验中，张道陵知道赵升修道的志向是端正坚定的。

郭 子 仪

郭子仪做中书令。观军容使鱼朝恩请他一起游章敬寺，郭子仪答应了。宰相考虑到郭子仪和鱼朝恩之间有矛盾，让部下劝告郭子仪，希望他不要去。郭子仪的部属也跑到郭子仪那里去，说鱼朝恩将对你不利，并且把这话告诉了将领们，请他们劝阻。不一会儿，鱼朝恩派人来请郭子仪。郭子仪刚要走，部下三百人全副武装要求同他一起去，以便保卫。子仪生气地说："我是国家的大臣，他如果没有天子的密诏，怎么敢害我？如果是天子的命令，你们更不能胡来。"说完，只带十几个仆人走了。鱼朝恩正等待郭子仪，见他轻车简从，非常惊讶，说："你怎么带这么几个人？"郭子仪把他听到的流言告诉鱼朝恩，并说："我才不费心思去想那些无端的事。"鱼朝恩捶胸顿足，流涕呜咽，说："正因为你是一个长者，才这样相信我。"郭子仪常常为自己功劳大而担心。宦官中的当权人物嫉恨他，暗中差人到华州去挖了他的祖坟，盗了坟中的祭品。郭子仪的部将李怀光等人非常气愤，准备搜查物证，按物抓人。郭子仪入朝，面对皇上流泪长哭，自称有罪，他向皇帝说："我指挥部队，外出征伐，动不动就成年地打仗。害了人家的兄长，杀了人家的父亲，这情况是很多的。他们的兄弟妻子想给我捅刀子的人也是很多的。今天我受到的污辱，正是由于他们的无辜。但是，我报效国家的忠心，即使死了也是无悔。"当时中外的人都猜不透郭子仪这个人。他的儿子郭弘广在长安亲仁里启造府第，里巷中的小贩子或者士人们都能随意出入。有人说："郭子仪的夫人王氏以及他的爱女，正在对镜梳头时，往往就有出镇的将领来辞行；有时也有属员来请示。郭子仪不但不要她们回避，而且还要她们亲自给将领们倒茶水或拿擦脸巾，视她们与普通人一样。过后，他的孩子们给他提意见，郭子仪一直不作答。于是，他们流着泪说："大人功业已经成就，即使自己不拿架子，也不能以贵为贱。什么人都可以出入卧室，这怎么行？我们想，即便是伊尹、霍光那样的人，也不会这样做。"郭子仪笑着对他们说："你们都没想明白。咱们家吃官粮的马就有五百匹，吃官饭的上千人。现在进没地方走，退没地方守。假如筑起高墙，壁垒森严，内外不通，一旦有人诬告，说我有造反的心，再有贪功嫉贤的人加以佐证，咱们全家就会被碾成粉末。那时候，咬肚脐子后悔都来不及。现在咱们院落四门大开着，小人们即使向皇帝进谗，又能用什么来加罪于我呢？我们为的是这个啊。"他的孩子们都表示钦服。唐代宗永泰元年（765），大将仆固怀恩病故，各异民族联合进犯京畿。郭子仪奉命抵御。刚到泽阳，少数民族的部伍已经合军。郭子仪只率了两千部众，少数民族的头领问："这个领兵人是谁？"部下说："他是郭令公。"回纥头领说："怎么郭令公还在？仆固怀恩告诉我，大唐皇帝死了，郭令公也死了，中国没有头脑了，所以我才来的。现在郭令公在，大唐皇帝在不在呢？"郭子仪差人告诉他，说皇帝身体康泰。回纥头领说："我们叫仆固怀恩骗了。郭令公真在的话，我能见到他吗？"郭子仪的仆人传话给郭子仪，郭子仪将要出见。将领们说，少数民族的人不可以相信，不要去。郭子仪说："他们的人数是我们的几十倍，真打起来，咱们的力量是不足的，怎么办？至诚可以感动神仙，何况是少数民族呢？"将领们要选五百精锐的骑兵给他做护卫。郭子仪说，那样倒找麻烦。仆人传呼，告诉说郭令公来了。少数民族的头领们开始怀疑，严阵以待。郭子仪仅率几十人马出阵，摘下头盔打招呼说："你们安好啊！很久以来，你们同怀忠义，尊重朝廷，现在怎么做这样的事？"回纥头领率先下马致敬，说："这是我们的父辈啊！"郭子仪身长六尺多、相貌堂堂。唐肃宗在灵武封他为天下兵马副元帅兼平章政事，又封为汾阳王兼中书令，后来把他的像画在凌烟阁上。唐德宗时又赐号"尚父"。逝世后，配享代宗庙庭，极为尊荣。有八个儿子、七个女婿，都做到很大的官。他的儿子郭暧，娶代宗的女儿升平公主。有几十个孙子和孙女。这些人给他问安或祝寿的时候，他仅点头而已。郭子仪忠心于国家，对皇帝和官职高于他的人非常至诚。对待下级，又非常宽厚。作战勇猛有智，每战必克。幸臣（宦官显贵）程元振、鱼朝恩多次诋毁他。他带领重兵，或者正在作战，接到皇帝召见的命令，从不为担心自己的性命而顾盼。田承嗣傲慢无礼。郭子仪的使者到他那里去，田承嗣去拜望，指着自己的膝盖说："我这腿很多年是不屈于人的，现在我只好为郭令公一屈了。"郭子仪部下的老将李怀光等人，都是封王侯的，郭子仪指挥他们得心应手，他们对郭子仪，像奴仆对主人一样尊重。当年，郭子仪同平定安史之乱的另一位重要将领李光弼齐名。虽然威武不如李光弼，但是在宽厚待人方面，是超过他的。郭子仪家的俸银每年有二十四万两，其他的收入尚且不算。郭子仪的家住在长安的亲仁里，占整个亲仁里的四分之一。亲仁里是一个四通八达的巷子，郭子仪家仆人三千，从不生事。经过亲仁里的人，甚至分不出哪一家是郭子仪的府第。唐代宗很恩宠他，从来不直呼郭子仪的名字，而称为大臣。二十余年，天下安危，靠他支撑。做中书令二十四年。权倾天下而朝廷不忌；功盖一代而皇帝从不猜疑；过着奢侈的生活，没有人不满。郭子仪一生富贵，子孙安康，于天伦之乐，没有缺憾。去世的那年，八十五岁。

陈子昂

　　陈子昂是四川射洪县人。在京城住了十年，没有谁知道他。当时市场上有一个卖胡琴（少数民族乐器）的，要价一百万。每天都有有钱的人去看这件东西，没人明白它的价值。陈子昂突然从人群里走出来，跟人们说，我可以用一千缗来交换。大家很惊讶地问这东西有什么用，陈子昂回答说，我善于弹奏这件乐器。有好奇的人便问，你能弹给我们听吗？陈子昂说："我住在宜阳里。"告诉大家地址之后，说，明天我准备酒，专门等候诸位。不仅各位可以来，还可以邀请一些知名人士一起来。大家会一会，很荣幸。第二天早晨，来了一百多人，都是当时很有名望的。陈子昂好酒好菜款待他们。吃过饭，捧出胡琴，对客人们说："四川人陈子昂有文章好几百轴，跑到京城来，东奔西走，却不为人重视。这件乐器不是什么值钱的东西，怎么值得我放在心上？"于是把胡琴举起来摔了，把他写在帛上的文章取出来，摆了两案子，分别赠送给客人。会散以后，一天之内，名满京都。当时武攸宜被封为建安王，请他做记室（类似书记官），后来又做拾遗（谏官），回家省亲，被段简害死。

左　慈

　　左慈，字元放，江西庐江人。他精通五经，也懂得占星术，从星象中预测出汉朝的气数将尽，国运衰落，天下将要大乱，就感叹地说："在这乱世中，官位高的更难保自身，钱财多的更容易死。世间的荣华富贵绝不能贪图啊！"于是左慈开始学道，精通奇门遁甲，能够驱使鬼神，坐着变出美味佳肴。他在天柱山精修苦练道术，在一个石洞中得到一部《九丹金液经》，学会了使自己变化万端的方术，法术很多，记也记不过来。三国时，魏国的曹操听说后，把左慈召了去，把他关在一个石屋里，派人监视，一年没给他饭吃，过了一年才把他放出来，见他仍是原来的模样。曹操认为，世上的人没有不吃饭的道理，左慈竟然一年不吃饭，他的法术一定是妖邪的旁门左道，非要杀掉他。曹操一起杀念，左慈就知道了，就向曹操请求放他一条老命，让他回家。曹操说："为什么如此急着走呢？"左慈说："你要杀我，所以我请求你放我走。"曹操说："哪里哪里，我怎么会杀你呢？既然你有高洁的志向，我就不强留你了。"曹操为左慈设酒宴饯行，左慈说："我就要远行了，请求和您分杯喝酒。"曹操同意了。当时天气很冷，酒正在火上热着，左慈拔下头上的道簪搅和酒，片刻间道簪都溶在了酒中，就像磨墨时墨溶入水中一样。一开始，曹操见左慈要求分杯喝酒，以为是自己先喝半杯然后再给左慈喝自己剩的半杯，没想到左慈先用道簪把自己的酒杯划了一下，酒杯就分成了两半，两半中都有酒，相隔着好几寸。左慈先喝了一半，把另一半给了曹操。曹操不太高兴，没有马上喝，左慈就向曹操要过来自己都喝了。喝完把杯子往房梁上一

太平广记

扔，杯子在房梁上悬空摇动，像一只鸟将要向地上俯冲前的姿势，似落非落。宴席上的客人都抬头看那酒杯，好半天杯子才落下来，但左慈也不见了。后来曹操打听，听说左慈已回了他自己的居处，曹操就更想杀掉左慈，想试试左慈能不能逃过一死。曹操下令逮捕左慈，左慈钻进羊群中，追捕他的人分不清，就查羊的原数，果然多出了一只，知道左慈变成了羊。追捕的人就传达曹操的意思，说曹操只是想见见左慈，请左慈不要害怕。这时有一只大羊走上前跪着说："你们看看我是不是呢？"追捕的人们互相说："这个跪着的羊一定就是左慈了！"就想把这羊抓走。但这时所有的羊都跪下说："你们看看我是不是呢？"这样一来，追捕的人真弄不清哪只羊是左慈了，只好作罢。后来有知道左慈去处的人密告给曹操，曹操又派人去抓，一抓就抓到了。其实并不是左慈不能隐遁脱逃，是故意要给曹操见识一下他的变化之术，于是故意被抓住投入监狱。典狱官打算拷问左慈，却发现屋里有个左慈，屋外也有个左慈，不知哪一个是真左慈。曹操知道后更加怀恨，就命令把左慈绑到刑场杀掉。左慈却突然在刑场上消失了。于是曹操命令部下紧闭城门大肆搜捕。有些搜捕者说不认识左慈，官员就告诉说左慈一只眼是瞎的，穿着青色葛布衣，扎着葛布头巾，见到这样的人就抓。不一会儿，全城的人都变成了瞎一只眼穿青葛布衣扎葛巾的人，谁也无法分辨哪个是左慈。曹操就下令扩大搜捕的范围，只要抓住就杀掉。后来有人见到了左慈，就杀了献给曹操。曹操大喜，尸体运到一看，竟是一捆茅草，再到杀左慈的地方找尸体，已经不见了。后来有人说在荆州看见了左慈，当时任荆州刺史的刘表也认为左慈是个惑乱人心的妖道，打算将他抓住杀掉。刘表带着兵马出来炫耀，左慈知道刘表是想看看他有什么道术，就慢慢走到刘表面前说："我有些微薄的礼物想犒劳你的军队。"刘表说："你这个道士孤身一人，我的人马这么多，你能犒劳得过来吗？"左慈又说了一遍，刘表就派人去看是什么礼物，只见只有一斗酒和一小点肉干，但十个人抬也没抬动。左慈就自己把肉干拿来，把肉一片片削落在地上，请一百个人拿酒和肉干分发给士兵，每个士兵三杯酒一片肉干。肉干吃起来和普通肉干的味道一样，一万多士兵都吃饱喝足，但酒器中的酒一点也没少，肉干也没吃光，刘表的一千多宾客也都喝得大醉。刘表大吃一惊，打消了杀害左慈的念头。几天后，左慈离开刘表走了。他到了东吴的丹徒县，听说丹徒有个懂道术的人叫徐堕，就去登门拜访。徐堕门前有六七个宾客，还停着六七辆牛车。宾客骗左慈说徐堕不在家。左慈知道宾客骗他，就告辞走了。左慈走后，宾客们就看见牛车在杨树梢上走，爬到树上再看，牛车却没有了。下了树，就见牛车又在树上走。还有的牛车轮子中心的圆孔里长出了一尺长的荆棘，砍都砍不断，推车又推不动。宾客们大惊失色，急忙跑去报告徐堕，说有一个瞎了一只眼的老头来访，我们见他是个凡俗之辈，就骗他说主人不在。老头走后，牛和车就发生了这种怪事，不知是怎么回事。徐堕一听说："啊呀，这是左慈公来拜访我，你们怎么能骗他呢？快点追也许能追回来的。"于是宾客们分散开去追，追上左慈后都向他磕头谢罪。左慈消了气，就让客人们回去，他们回去一看，牛和车都恢复了原样。左慈拜见了吴国君主孙策，孙策也想杀左慈。孙策有一次想从后面给他一刀。左慈穿着木鞋拿着个竹杖慢慢地走，孙策在后面手持兵器追赶却总也追不上，这才知道左慈有道术，不敢再杀他。后来左慈告诉葛仙公说他要进霍山炼九转丹，后来终于成仙而去。

村　妇

　　唐昭宗李晔被梁主撵走之后，岐凤等各州都储备了很多兵，放纵士兵抢掠用以自给。成州有一个偏僻的远村，很富裕。军官派了二十多骑兵夜间去掠夺。他们突然而来，村民也没有敢说话的。妇人丈夫被捆绑，军官们搜寻着满意的东西就放进皮口袋中。搜完了东西，便杀猪杀狗，让这家妇女为他们做菜肴，供他们饮酒玩乐。这家曾收过莨菪子（中药材），妇女拿了一些捣碎了，像辣椒面似的，放在食物中，那些人吃完了便喝酒。于是，药力发作，军官们竟从腰上拔出剑掘地，嘴里说：马进地下去了。有的要跳入火中，有的要投入水里，疯癫一通后都躺倒了。妇女先给丈夫解绑，又去拿了军人的剑，把这二十多人一一杀死，而后挖坑埋了。妇人让人把马赶到官道上，用鞭子给赶散了。这件事没人知晓，直到成州改易其主，事情才泄露出来。

王　宰

　　丁丑年，四川军队在固镇防守，军队中有个头目叫费铁觜，他本是绿林中的一个将卒。这个人经常派人去行劫，而抢来的东西归他。一天，费铁觜派人攻打河池县。有个姓王的县宰，年轻力壮很勇敢，他和十几个仆隶守在公署内。晚上盗贼来了，他开门后在门后等着。格斗了一段时间后，

太平广记

〇六一

王宰中了箭行动困难，盗贼刚要跨过门槛，小仆手拿短枪，站在门后，连续刺中三四个盗贼，被刺中的盗贼躺在地上，群盗们抬着尸体逃走了。后来，费铁觜又劫村庄，天刚黑，群盗便进了村庄，有的砸门而入，有的破墙而入。民家灯火还很亮，男人们逃走了，只有一个妇女用勺子舀锅中的热水泼烫盗贼，一二十个盗贼措手不及，被妇人泼烫得狼狈而逃。妇人仍然拿勺站在锅旁。家中没受多大损失。一个多月后，铁觜部下有好几个脸上像生了癞疮似的，费铁觜认为这是他终生的耻辱。

虬髯客

隋炀帝游江都，命司空杨素守西京。杨素持贵骄横，当时国内很乱，大权都握在他手里。他目空一切，骄奢淫逸，非一般大臣能比。每当官员们进言或宾客拜访时，他都是倚在床上接见，叫美女抬出来，婢女罗列两旁，那架势都超过了皇帝。到了隋朝末年更为严重，卫公李靖穿着平民衣服来见他，进言献策，杨素仍是倚在床上见他。李靖向前一拜说："天下正乱，各地英雄并起，你作为皇帝的重要大臣，应该以收罗天下英雄豪杰为能事，不应该倚在床上见客。"杨素这才收敛了傲慢表情，站起来与李靖交谈。谈过后，他很高兴，接受李靖所献之策后，李靖便退了出去。在李靖和杨素交谈时，旁边站着一个姬女，容貌美丽，手拿红拂，全神贯注地盯着李靖。李靖退出时，她紧跟出去问一小吏："方才那位处士姓甚名谁？住在何处？"小吏一一相告，姬女点头而去。李靖回到住处，天快亮时，忽然听到有人敲门低声呼唤，李靖开门欲问时，却见一个穿紫衣戴帽的人，手拿一杖，杖上挂着一只皮袋，李靖问："你是谁？"那人说："我是杨素家的姬女红拂。"李靖请她入室，她脱去了外衣，摘掉了帽子，竟是一个十八九的美丽姑娘，脸上没施脂粉，衣服却很华美，向李靖一拜。李靖倒吃了一惊，姑娘说："我在杨司空家很久，看到过很多有名气的人，却没见过像你这样的人。作为一个女孩，终归要有一个归宿，所以我才奔你来了。"李靖说："杨司空在京师有很大的权力，还不好吗？"姑娘说："他只不过是一个行尸走肉，没什么可怕的，诸姬知道他没有什么成就，走了很多，他也不去追寻。"李靖听姑娘的言谈没什么可怀疑的地方，便问她的姓，姑娘说姓张。又问排行第几，她说最长。看这姑娘的肌肤、仪表、形态、言词、气质，真是一个完美的人哪！李靖能得到这样的姑娘，当然很高兴，可又有点害怕，再三考虑有些不安。来偷偷观看的人，你来我往很多。几天后，也没听到杨素追查的消息。二人骑马回归太原。走到灵石旅店住下了，店内炉中正在煮肉，已经熟了。张氏站在床前梳头，长发拖地，李靖在刷马。忽然有一个中等个、长一脸红而卷曲胡子的人，骑一头瘸驴也来到旅店。他把皮口袋扔在炉前，当枕头卧在那里，看张氏梳头。李靖很生气，可是还在刷马。张氏一看李靖的脸，心里明白了，她一手握发，一手向李靖暗示摆手，意思是叫他不要生气。自己便急忙梳完了头，向前问虬髯客的姓名，躺着的虬髯客说姓张。张氏说，我也姓张，我是妹妹，说着向虬髯客一拜。又问虬髯客排行第几，虬髯客说，第三。虬髯客问妹妹排行第几。张氏答，最长。虬髯客高兴地说，今天很幸运，遇到了一妹。张氏招呼李靖："李郎，快来拜三兄。"李靖很快地过来叩拜。而后，三人团团而坐，虬髯客问："煮的什么肉？"李靖回答说："羊肉，已经熟了。"虬髯客说："我很饿。"李靖到街市上买了胡饼回来，虬髯客用匕首切肉，大家共同吃。吃完后，还剩一些肉，虬髯客切了，在炉前吃了，特别快。虬髯客说："我看李郎是一个贫士，怎么娶了这么好的一个妻子呢？"李靖说："我虽然清贫，但我是个正人君子，别人问，都没说，老兄你问了，也就不隐瞒了。"李靖便把前后经过说了一遍。虬髯客问："你打算上哪去？"李靖说："我想回太原避一避。"虬髯客说："我有事，不能和你一起去了。"虬髯客又问："有酒吧？"李靖说："西边酒馆里有。"李靖去提了一豆（盛酒器具）斗酒回来。酒过数巡后，虬髯客说："我有点下酒的东西，李郎能不能和我一起享用？"李靖说："不敢当。"于是，虬髯客打开了皮口袋，取出来的竟是一个人头和心肝！他又把头装回袋中，用匕首切那心肝。虬髯客说："这心是天下忘恩负义者的心，我含恨十年，今天才报仇，我没什么遗憾的了。"虬髯客又说："我看李郎仪表非凡，器宇轩昂，是真正的大丈夫啊！你听说太原有特殊人物吗？"李靖说："曾经见过一人，我看他是个特殊人物，其余的只不过是将相之才。"虬髯客问："这人姓什么？"李靖答："和我同姓。"虬髯客问："多大年龄？"李靖答："将近二十。"虬髯客："他现在干什么？"李靖答："他是太原州将的爱子。"虬髯客说："很像啊，我要见他，李郎能不能让我见他一面？"李靖说："我的朋友刘文静和他很好，通过刘文静就可以见到他，你想做什么？"虬髯客说："望气者说太原有奇气，让我访一访，李郎明天走，何时到太原？"李靖计算了路程，说某日能到。虬髯客说："到达后第二天天亮，我在汾阳桥等你们。"说完，虬髯客骑着驴像飞似的走了。李靖和张氏感到很惊奇，过了一段时间，说："这是一个正直的人，他不会欺骗我们，不用害怕。"于是，二人迅速骑马而行，按期到达太原。那人正在汾阳桥上等候，见面后都很高兴。三人一同去拜访刘文静。骗刘文静说："我们很想念你，想见见你。"刘文静出来迎接，他平常就很尊重李靖，见面后便议论起国家大事。知道来客和李靖是好朋友，都是知己者，于是，摆酒设宴。这时，李世民来了，他不修边幅，敞着怀来了。可是他神气昂扬，面貌不同常人。虬髯客却沉默不语地坐在后边，见到了李世民，他自己却万念俱灰。酒过数巡后，虬髯客招过李靖说："这才是真正的天子啊！"李靖告诉了刘文静。刘文静非常高兴，他走出来时，虬髯客说："我看见了，心里已经有数了，但是还要叫道兄看一看。李郎和义妹还要回京，等某日中午时，在马行东酒楼找我，楼下有我骑的这头驴和一匹瘦骡子，道兄就知我在这里。"李靖夫妇到京后，很快找到了这里，见了驴、骡，便上了楼。虬髯客与一道士对饮，见李靖来了，非常惊喜，叫李靖一起喝酒。喝过十数巡后，虬髯客说："楼下柜中有很多钱，你选择一个隐蔽的地方藏起来，让义妹住在那里。这事办完后，你按照预定的时间再在汾阳桥上与我们相见。"李靖按预定时间到了，虬髯和道士已经先坐在了那里，他们三人一同去拜访刘文静。刘文静正在下棋，站起来寒暄之后，知道他们想见李世民，便写信请李世民来看棋。刘文静和道士对弈，虬髯客和李靖站在两旁。一会儿，李世民来了，寒暄之后坐下了，他神清气朗，笑意风生，顾盼左右，双目生辉。道士一见，很凄惨、悲伤，应了一手棋子说："这局输了！输了！此后不会赢了，没有方法救了。"道士无话可说，他不下棋了，要走。出来时对虬髯客说："这个天下不是你的天下，你到别的地方想办法吧，愿你自勉，也不用过多地思考。"他们准备同回京城，虬髯客对李靖说："我算了算李郎的行程，某日能到京城。到后的第二天，可与义妹同到一个胡同中的小房去找我。我很惭愧，让李郎往返好几次，让义妹孤单地守空房，这次想叫你们到一起好好亲热亲热。"说完，虬髯客感慨而去，李靖也策马扬鞭，很快到了京城，与张氏一同去虬髯客告诉的那个地方。先见到一小板门，叩门，有人出来说，是三郎让我在这里恭候娘子和李郎的，已经等了很久了。进了第二道门就非常壮丽了，有三十多个奴婢站在两旁。二十个下人领着李靖夫妇进入东厅。厅内陈设非同寻常，李靖夫妇梳洗之后，更衣换装。有人传呼，三郎来了！虬髯客头戴纱帽，身穿褐衷，大有龙虎之姿。李靖他们相见后非常高兴。虬髯客让其妻出来拜见，其妻美若天仙。虬髯客把李氏夫妇请到了中堂，陈设的豪华超过了王公贵族。四人对坐，菜、酒上齐之后，有二十个女子像从天而降的仙女，演奏着人间没有听过的乐曲。酒足饭饱后，虬髯客的家人从西堂屋抬出二十个大桌子，桌子都盖着绣花帕巾。抬到面前后，仆人们揭开了帕巾，桌子上是一些账簿和钥匙。虬髯客对李靖说："这都是我的珍宝钱财的账目，赠送给你吧。这是为什么呢？我本想在这个世界上创一番事业，大干两三年，建立功业，现在，真龙天子已经出现，我在这里没什么作为了。太原的李世民就是真龙天子，三五年内，国家就可太平，李郎应该以你的才华辅佐清平之主，只要你竭心尽智，一定会超过一般大臣。义妹既具有天人之姿，又有非同一般的谋略，你跟着李郎，一定能享荣华富贵。这真是，非义妹不能识李郎，非李郎不能遇义妹。圣贤之辈开始出现，你们遇上了好时机，真是龙腾虎啸，群英荟萃，这也是理所当然的事。我送给你的这些东西，是让你用来为真主建功立业做些奉献，希望你们多努力。今后十年里，如果东南数千里外发生特殊事情，那就是我实现愿望的时候，义妹、李郎可洒酒为我祝贺。"虬髯客又对左右手下人说："李郎、义妹从今往后就是你们的主人了。"说完，他和妻子戎装骑马而去，只有一个家奴骑马相随，几步后就不见了。李靖住到这里，成为富豪之家，用虬髯客所赠资产帮助李世民创建大业。到了李世民执政的贞观中期，李靖官至仆射。东南蛮上奏皇帝说："有一千多艘船只，十万多人马进占了扶余国，杀其主而自立，现在国内很安定。"李靖知道，这是虬髯客成功了。回家后告诉张氏，二人向东南洒酒遥拜祝贺。从这件事我们可以看到，大丈夫的兴起，不是英雄所能预料到的，何况还有的不是英雄。有些奸臣贼子谋乱篡权，也只能是螳臂挡车而已。又有人说，卫公李靖的兵法，有一半是虬髯客所传。

张　华

　　魏时，殿前的大钟忽然自己鸣响了起来，省署内外一片惊慌。张华说："这是由于四川铜山山崩，相互共鸣的原因，所以大钟自鸣。"不久，四川上奏，果然是铜山山崩，时间和张华说的一样。

蓝 采 和

　　蓝采和，不知是什么地方的人。他经常穿着一件破旧的蓝色衣衫，腰带上有六块黑色的木质装饰物，腰带有三寸多宽。他一只脚穿着靴子，另一只脚光着走路。夏天，他就在单衣里加上棉絮，冬天，他就卧在雪地上，呼出的气像蒸气一样。他经常在城市里唱着歌乞讨，拿着一副三尺多长的大拍板，常常是醉着踏歌。老老少少都跟在他后边看。他机智敏捷，善于说些诙谐有趣的话。别人问他什么，他应声就答，逗得人们捧腹大笑。他似狂非狂，走路则踢踏着靴子唱踏歌："踏歌蓝采和，世界能几何？红颜一椿树，流年一掷梭。古人混混去不返，今人纷纷来更多。朝骑鸾凤到碧落，暮见苍田生白波。长景明晖在空际，金银宫阙高嵯峨。"歌词极多，大体都是看破红尘的仙意，人们不能明白它的意思。只要有人给他钱，他就用长绳穿起来，拖在地上走路，有时拖丢了，他也不回头看，有的时候看到穷人，他就把钱送给人家或者送给酒家。他周游天下，有的人从儿童时直到老了都见过他，见他脸色容貌始终一个样。后来他在濠梁间的一家酒楼上踏歌，趁着醉意，有云鹤笙箫的声音传来，他忽然轻轻抬身到云中去，把靴子、衣衫、腰带、拍板全扔下来，冉冉地升飘而去。

董　奉

　　董奉，字君异，侯官县人。吴先主时，有一个年轻人任侯官县的长吏，见董奉当时有四十来岁，他不知道董奉有道术。后来这位长吏罢官走了，五十多年后又担任了另外的职务，他经过侯官县时，见当年的同事都老了，而董奉的容貌似和五十年前一样。他就问董奉："你是不是得了道呢？我当年看见你是这样，现在我已白发苍苍，可你却比当年还年轻，这是怎么回事？"董奉含糊地应了一句："这是偶然的事罢了。"交州刺史杜燮得了暴病死去，已经停尸三天，正好董奉在交州，听说后就前去看望，把三个药丸放在死者嘴里，又给灌了些水，让人把死者的头捧起来摇动着让药丸溶化。没过一会儿，杜燮的手脚就像能动，脸上有了活人的颜色，半日就能坐起来，四天后就能说话了。杜燮说："我刚死的时候就像在梦中，看见来了十几个穿黑衣的人把我抓上车去，进了一个大红门，把我塞进了监狱。监狱里都是小单间，一间里只能住一个人。他们把我塞进一个小单间里，用土把门封上，就看不见一点光亮了。我忽然听见门外有人说太乙真人派人来召我，又听见有人挖开门上封的泥土，半天才把我弄出来。这时我看见有一辆支着红伞盖的马车，车上坐着三个人，有一个人拿着符节，招呼我上车。车把我送到家门口我醒了，就复活了。"杜燮向董奉跪拜说："承蒙您救死复生的大恩，我该怎样报效呢？"于是他就给董奉在院里盖了一座楼侍奉他。董奉不吃别的东西，只吃干肉和枣，还能喝一点酒，杜燮就一天三次供奉肉、枣和酒。董奉每次进食都像鸟一样腾空来到座位，吃完了就飞走，别人常常无所察觉。这样过了一年多，董奉辞别离去。杜燮哭着挽留也留不住，就问董奉要去什么地方，要不要租或买一条大船。董奉说："我不要船，只要一具棺木就行了。"杜燮就准备了一具棺木。第二天中午董奉就死了，杜燮把他装殓后埋葬了。七天后，有个从容昌来的人捎话给杜燮，说董奉感谢他，望他多多珍重。杜燮知道董奉未死，就到墓地打开棺材，见里面只有一块绸子。绸子的一面画着人形，另一面用朱砂画了道符。后来董奉回到豫章庐山下住，有一个人得了热病，快死了，家人用车拉着来见董奉，叩头哀求董奉救他的命。董奉让病人坐在一间屋子里，用五层布单子蒙上他，让他别动。病人说，起初觉得一个什么动物舔他身子的每一个地方，使他疼痛难忍。这个东西的舌头好像有一尺多长，喘气像牛一样粗，不知是个什么玩意儿。过了很久，那东西走了。董奉就把病人身上的布单揭下来给他洗澡，然后就让他回家。董奉告诉病人不久就会好，注意不要受风。十几天后，病人身上的皮全脱掉了，全身通红十分疼痛，只有洗澡才能止痛。二十天后，病人身上长出新皮，病也好了，皮肤十分光滑，像凝结后的油脂。后来当地忽然大旱，县令丁士彦和官员们议论说："听说董奉有道术，也许能降雨。"就亲自带了礼物拜见董奉，说了旱情。董奉说："下雨还不容易吗？"说完抬头看看自己的屋子后说："贫道的屋子都露天了，我担心真来了雨我可怎么办。"县令立刻明白了，就说："先生只要能下雨，我保证马上给你盖新房子。"第二天，县令自己带着官员和民工一百多人，运来了竹子木材，屋架很快立起来了。但和泥没有水，他们打算到几里外去运水。董奉说："不必了，今晚将有大雨。"他们就没去运水。到了晚上果然下起了大雨，水把高处低处的田地都灌平了，老百姓都高兴坏了。董奉住在山里不种田，天天给人治病也不取分文。得重病经他治好的，就让患者栽五棵杏树，病轻的治好后栽一棵。这样过了几年，山中就栽了十万多株杏树，成了一大片杏林。他就让山中的鸟兽都在杏林中嬉戏，树下不生杂草，像是专门把草锄尽了一样。杏子熟后，他就在杏林里用草盖了一间仓房，并告诉人们，想要买杏的不用告诉他，只要拿一罐粮食倒进仓房，就可以装一罐杏子走。曾经有个人拿了很少的粮食，却装了很多的杏，这时杏林里的一群老虎突然吼叫着追了出来。那人很害怕，捧着装杏的罐子急忙往回跑，一路上罐里的杏子掉出去不少。到家一看，剩下的杏正好和送去的粮食一样多。有时有人来偷杏，老虎就一直追到偷杏人的家中把他咬死。死者家的人知道是因为偷了杏，就赶快把杏拿来还给董奉，并磕头认罪，董奉就让死者复活。董奉每年把卖杏得来的粮食全部救济了贫困的人和在外赶路缺少路费的人，一年能散发出去两万斛粮食。县令有个女儿被鬼缠住，医治无效，就投奔董奉求治，并说如果治好了就把女儿许给董奉为妻。董奉答应了，就施法召来了一条几丈长的白鳄鱼。鳄鱼在地上一直爬到县令家门口，董奉就让随从的人把鳄鱼杀死，县令女儿的病就好了。董奉就娶了县令的女儿，但很久没有儿女。董奉经常外出，妻子一人在家很孤单，就收养了一个女孩。女孩长到十几岁后，有一天，董奉腾空升入云中成仙而去。他的妻子和养女仍然住在家里，靠卖杏维持生活，有敢欺骗她们母女的，老虎仍然追咬。董奉在人间三百多年才仙去，容貌仍像三十岁的人。

温 庭 筠

唐时温庭筠，字飞卿，旧名岐。当时和诗人李商隐齐名，被人们称为"温李"。他擅长小赋，才思敏捷，用词美艳明丽。每次考试，按规定韵作赋。他只需要叉八次手就能作成八韵。他经常为邻座的考生代作文章，人们送他外号"救数人"。由于他不严格约束自己的言行，所以受到一些官人的轻视。李义山对他说，我近来作了一联："远比赵公，三十六军宰辅。"没有得到偶句。温庭筠说，你怎么不对："近同郭令，二十四考中书。"唐宣宗曾写"金步摇"的句子，未能对出下句，让进士们对，温庭筠以"玉条脱"对上了，宣宗很赞赏。又有一药名"白头翁"，温庭筠以"苍耳子"为对，这样类似情况很多。宣宗爱唱《菩萨蛮》词，丞相令狐绹叫温庭筠代他撰词，并告诉温不要泄露此事。温庭筠却把这事说了，因此令狐绹便疏远了他。温庭筠也说过"中书省内坐将军"，这是讥讽那些宰相们没学问。宣宗喜欢微服出行，一次遇上了温庭筠，温不认识皇帝，很傲慢地追问皇上说："你是长史司马之流的大官吗？"皇帝说："不是。"温又问："那你是大参簿尉之类的吧？"皇上说："不是。"因此，皇上把温庭筠贬为坊城尉。皇帝在诏书中说："读书人应以器德为重，文章为末，你这样的人，品德不可取，文章再好也是弥补不上的。"温庭筠负有不羁之才，却没有得到重用，最后竟流落而死。函国公杜悰从西川调到淮海，温庭筠到了韦曲的林亭，写了一首诗：

卓氏炉前金线柳，随家堤畔锦帆风。

贪为两地行霖雨，不见池莲照水红。

函公看到后，赏他绢布一千匹。吴兴的沈徵说："温庭筠曾在江淮一带当过老师，因此改名庭筠。每年科举考试时，他常为人代作文章。"侍郎沈询主持的一次考试中，为温庭筠单设了一个座位，不和其他考生相邻。第二天，在帘前请温庭筠说："以前那些应举考试的人，都是托你代做诗文，我这次的考场上，没有人托你吧。希望你自我勉励吧。"把温庭筠打发走了。此后，温庭筠更加不得意。

李 约

　　兵部员外郎李约，汧国公的儿子，相当于宰相儿子。李约有个雅好，他非常喜爱深奥微妙的义理。李约声名远播，品德操行都很优秀。他酷爱山林、琴艺、酒量、词道都高绝一时，终生不接近女色。李约生性喜欢结交名人，而不爱谈论日常生活琐事。他早晨起来随便收拾一下头脸，跟客人随便玩玩棋类游戏便是一天。

　　李约收藏许多古器。他在润州曾得到一片古铁，敲击它发出的响声精越不凡，非同一般。他又豢养一猿，名叫生公，经常让它陪伴在身边。有时趁着月色好的时候登舟游江，弃舟登金山，敲击古铁，弹拨琴弦，身边的爱猿长啸和鸣，一壶接一壶地饮酒通宵，不等候宾客，直到喝醉了才休息。李约曾辅助李锜为浙西幕僚，他初到金陵，与李锜闲谈，多次说到招隐寺建筑宏大，风光不凡。

　　一天，李锜于招隐寺内宴请李约。第二天，李锜对李约说："十郎你曾经夸赞招隐寺不凡，昨天宴游我仔细地观看了，也没有什么特殊的地方。"李约笑着说："我所赞赏的是自然界粗犷的美。如果将远山用翠幕遮起，将古松用彩带裹住，在清泉中剖洗腥膻的鹿肉，用人工发出的乐声扰乱山鸟的婉转鸣唱。倘若这样，还不如老老实实地待在叔父你的大厅里呢。"李锜大笑。李约爱好饮茶品茗，能够自己制茶。常对人说："茶必须用温火炙，活火煎。所谓活火就是炭火燃出的焰火啊。"来了客人，品起茶来不限杯数，随你饮。李约终日操持茶具为客人斟茶，不知疲倦。李约曾奉命去硖石县东，因喜爱硖石县东的清澈溪流，流连其间十多天忘了出发。

陶弘景

　　丹阳陶弘景幼年聪慧，博览群书。自从他阅读了葛洪的《神仙传》后，便产生了隐居山林、修仙养道的想法。他常常对人说："仰观青云白日所显现的天象，离我归隐山林修仙养道的时日不远了。"陶弘景起初官拜宜都王侍读，后来改迁奉朝请，这是一个闲职，定期参加一些朝会了事。齐武帝永明年间，陶弘景辞去官职归隐茅山。

　　茅山有个金陵洞，洞长环回一百五十余里，又叫华阳洞天，内有三茅司命的府庙，因此当时人叫它茅山。由这个洞名，陶弘景自号"华阳居士"。此后，凡有记载他的书文，都用华阳居士这个称谓。陶弘景隐居茅山，就像士大夫以能参加古代圣贤的礼教玄晏为荣、葛洪怀抱木皮守持本真一样。陶弘景不但有林乐之好，而且尤为喜爱著书立说。晋绅庶士中仰慕他的人很多，有的不远千里来拜谒他求道。陶先生曾说："我读修炼以外的杂书不到万卷，同时也读有关修仙成道的书，权当小小的研究吧。"齐高祖问询陶弘景："卿归隐泉林，山中有什么东西那么吸引着你啊？"陶弘景赋诗作答。诗中说："山中何所有？岭上多白云。只可自怡悦，不堪持寄君。"齐高祖读诗后，非常赞赏陶弘景。

许云封

　　许云封，乐工中吹笛的人。唐德宗贞元初年，韦应物自兰台郎改任和州牧，不是出自他的本愿，很是不得志。他乘小船顺水东下，夜晚停泊在灵璧驿站。正值夜空初现莹碧的夜光，秋天的冷露凝聚在衰草的枯叶上。韦应物坐在船舱中一边饮酒一边吟诗，正要将吟得的诗句记下来时，忽然听到许云封吹奏的笛声，慨叹许久。韦应物通晓音律，说许云封的笛声很像天宝年间京都梨园首席笛手李莫言吹的，于是招来许云封询问。方知道他是李莫言的外孙。许云封讲述道："我原本是任城人，已经有多年没有回去。天宝改元时，我才生下来一个月。当时正值玄宗皇帝东到泰山封禅归来，外祖父随圣驾到任城，听说我刚生下来，见到后非常高兴。亲手抱给李白学士看，并请李翰林给我起个名字。李老先生当时正坐在集市的旗楼上，高声招呼："快拿酒来！"当垆卖酒的老太太贺兰氏已经九十多岁了。是她邀请李翰林到旗楼上饮酒的。我外祖父听到呼喊，赶紧将酒送到旗楼上。李翰林大口猛喝几口后，提笔在我胸上醉书五言诗一首：树下彼何人，不语真吾好。语若及日中，烟霏谢成宝。外祖观后说："我是特意为我外孙向你讨个名字的，你写了一首诗，这是什么意思啊？"李翰林说："你要求的名字就在这首诗中间呢。你看，树下人是木子。木子，李字也。不言是莫言，莫言莫言也。好是女子，女子补孙也。语及日中，是言午。言午，许也。烟霏谢成宝，是云出封中，乃是云封也。即李莫言外孙许云封也。"后来，我就叫了云封这个名字。我才长至十岁，便父母相继去世孤身一人了。后乘驿马来到长安。外祖父怜我孤身远道而来，让我跟着几个舅舅学吹笛。说我天生就对音律知悉，于是教我吹横笛。每当学成一支曲子时，外祖父总是抚摸着我的脊背赏叹。这时，正赶上宫里梨园设置音声小科班，共收三十多人，年龄须在十五岁以下，外祖父将我推荐去了。玄宗天宝十四年（755）六月，正值皇帝住下骊山行宫，又是贵妃杨玉环的诞辰生日。皇上诏见梨园小科班为娘娘演奏祝寿。我们都被接到长生殿奏献新曲，没有命名。南海向贵妃进奉鲜荔枝，因此将曲名定为《荔枝香》。演奏完，左右欢呼，声动山谷，算是出了风头。当年，安禄山起兵反叛朝廷，皇上与娘娘匆忙返驾还京，我们也作鸟兽散了。我则流落南海近四十年。我将要去龙立探访诸亲友。"韦应物说："我的乳母有个儿子名叫千金，曾在天宝中年拜你外祖父李莫言为师，学成后却死了。我每每想起来就很悲伤啊！千金昔日吹的笛子，就是李君所赠。"说着，从行囊中取出一个旧笛递与许云封。许云封悲伤地跪拜接过，抚摸观看，说："我相信这是一支很好的笛子，但并不是当年我外祖父吹的那支。"他又对韦应物说："制笛用的竹子应是生长在云梦泽南岸山上的，在柯亭下边挑选。须在当年七月十五日前生，明年七月十五日前伐。过期不伐，它的音色发室，未到日期就伐下来的，它的音色就浮。所谓浮，外面泽润而内里干。干，受气不全。气不全，竹必夭。笛子吹一声，出入九息。古时吹奏出的最美丽动听的笛音，一叠十二节，一节十二敲。今天的名乐曲，可以吹奏出梅花流韵，感叹金谷游人；折柳传情，悲怜守卫艮关的戍客。诚然也是清音亮响，但是离达到至音还有很大的差距，不能做降神祈福用的祭祀乐曲。用已夭的竹管制成的笛子，遇到最高音时必定要破损的。所以，我才辨别这笛子不是外祖父以前所吹的。"韦应物听了后说："我想看看你说的是否真的那样。请你吹奏一曲试试，笛子吹坏了无妨。"于是，许云封捧笛吹一曲《六州遍》。一叠还未吹完，豁然一声，笛管中间破裂。韦应物久久惊叹不已，于是聘请许云封在他治下的曲部任事。

张　果

　　张果，隐居在恒州条山，经常往来于汾晋之间。当时的人传说他有长寿的秘术。老年人讲："我是儿童的时候见过他，他自己说已经几百岁了。"唐太宗、唐高宗多次征召他，他全不答应。武则天叫他出山，他装死在妒女庙前。当时正是大热天，尸体不一会儿便臭烂生蛆。武则天听说之后，相信他死了。后来有人在恒州山中又见到了他。张果经常骑着一头白驴，一天走几万里。休息的时候就把驴叠起来，就像纸那么厚，放到衣箱中。要骑的时候就用水喷一下，它就又变成活驴了。开元二十三年（735），唐玄宗派通事舍人裴晤骑马到恒州迎接张果，张果在裴晤面前气绝而死。裴晤就烧香请他起来，向他述说天子求道的诚意。不多时他渐渐醒了。裴晤不敢强迫他，驰马回来向皇上报告。皇上就让中书舍人徐峤带着皇帝盖有玉玺图章的信去迎接他。张果跟着徐峤来到东都。徐峤把他安置在集贤院，用轿子把他抬进官中，对他非常尊敬。于是唐玄宗从容地对他说："先生是成仙得道的人，为什么牙齿头发如此衰老呢？"张果说："正是衰朽的年岁，没什么道术可以依靠，所以才这样。这是很难看的。现在如果把它全去掉，不是更难看吗？"于是他在皇帝面前拔掉鬓发，打落牙齿，血从口中流出来。唐玄宗很吃惊，对他说："先生先回屋休息休息，一会儿咱们再谈。"过了一会儿，唐玄宗召见他，他居然一头黑发，满口白牙，比壮年人还年轻。有一天，秘书监王迥质、太常少卿萧华同时造访他。当时唐玄宗想让他娶公主，他还不知道。他忽然笑着对二人说："娶公主做老婆，很可怕呀！"王迥质和萧华你看看我，我看看你，不明白他的话是什么意思。不一会儿，

太平广记

有一位中使来到，对张果说："皇上因为玉真公主从小喜欢道教，想要把她嫁给你。"张果大笑，到底没有接受诏令。王迥质和萧华二人才明白他刚才那话的意思。这时候许多公卿都来拜访他，有的人向他打听世外的事，他总是诡诈地回答，常常说："我是尧帝时丙子年生的人。当时人无法推测。"又说："尧帝时我是侍中。"张果擅长胎息术，可以数日不吃东西。吃饭的时候只喝美酒，服三黄丸。唐玄宗把他留在内殿，赐他美酒，他推辞说自己连二升也喝不了。他有一个弟子，能喝一斗。唐玄宗听说之后很高兴，让人把这个弟子叫来。不大一会儿，一个小道士从大殿的屋檐上飞下来，年纪有十六七岁，姿容美丽，情致雅淡，上前来拜谒皇上。小道士言词清爽，很有礼貌。唐玄宗让他坐，张果说："我这弟子常常站在我的身边，不应该赐他座位。"唐玄宗看过之后，更加喜欢这位小道士，就赐酒给他。小道士喝了一斗也没有推辞，张果推辞说："不能再赐了，喝多了一定会有过失的，那要让皇上见笑了。"唐玄宗又硬逼小道士喝，酒忽然从小道士的头顶上涌出来，帽子掉到地上，变成了一个酒盒子盖儿。唐玄宗和嫔妃侍者都吃惊、大笑。这时小道士已经不见了，只见一个金色酒盒子扣在地上。这个盒子正好是盛一斗的盒子。唐玄宗多次试验张果的仙术，不能全部记下来。有一位叫夜光的法师善于查看鬼神。唐玄宗曾经把张果找来，让张果坐在自己面前，而让夜光法师看着张果。夜光来到唐玄宗面前说道："不知张果现在在哪儿，我愿意去视察一番。"其实张果坐在皇帝面前好长时间了，夜光终于不能看见他。另外，有一个叫邢和璞的人，他有算命的法术。他每次给人算命，就把一些竹签摆放在面前，不一会儿，已经能详细地说出那人的姓名是什么，是穷困还是显达，是好还是坏，是短命还是长寿。他前后给一千多人算命，没有算错的，唐玄宗感到惊奇已经好久了。等到唐玄宗让他给张果算命，他却摆弄了老半天竹签，意料枯竭，神色沮丧，到最后仍不能确定张果的年龄。唐玄宗对中贵人高力士说："我听说成了神仙的人，寒冷和炎热都不能使他的身体生病，外物不能污染他的内心，现在的张果，善算的人算不出他的年龄，善视鬼神的看不到他的形貌。神仙的行动是极迅速的，莫非他就是真正的神仙吧？然而我听说喝了堇斟酒的人会死。如果他不是神仙，喝了这酒就一定会败坏了他的身体。可以让他喝这酒试试。"赶上天下大雪，冷得很厉害，唐玄宗就让人把堇斟酒拿进来赐给张果。张果举杯就喝。喝了三杯之后，醉醺醺地看着左右说："这酒不是好味！"于是他就倒在地上睡了。一顿饭的时间他才醒，忽然拿起镜子看他的牙齿。他的牙齿全都变得斑驳焦黑。他急忙让侍童取来铁如意，把牙齿打掉，收放到衣袋里。他慢慢地解开衣带，取出一帖药来。这药颜色微红，光亮晶莹。张果把药敷到牙床上，接着再睡。睡一会儿忽然又醒，再拿镜子自己看看，他的牙齿已经长出来了。这牙齿坚硬光白，比以前还硬。唐玄宗这才相信他的神奇，对高力士说："大概他是真正的神仙？"于是唐玄宗下诏书说："恒州张果先生是云游世外的仙人。他的形迹飘忽不定，他的心进入深远的境界，长久地把光荣和尘浊同样看待，应召进宫来。不知道他有多大岁数，他自己说是在羲皇以前出生的人。向他请教道术，他的道术完全达到了极高的程度。现在就要举行朝礼，授他'银青光禄大夫'之职，还赐号'通玄先生'。"不久，唐玄宗到咸阳打猎，打到一头大鹿。这头鹿与平常的鹿略有不同。厨师正要杀此鹿做菜，张果看见了，便说："这是一头仙鹿，它已经活了一千多年。以前，汉武帝元狩五年（前118）的时候，我曾经跟从汉武帝在上林打猎，当时活捉了这头鹿。然后又把它放了。"唐玄宗说："鹿多了，时代又变了，那头鹿难道不能被猎人打去？"张果说："汉武帝放鹿的时候，把一块铜牌放在鹿的左角下作为记号。于是唐玄宗让人检验那鹿，果然找到一块二寸长的铜牌，但文字已经残损了。唐玄宗又对张果说："元狩年是什么年？到现在有多少年了？"张果说："那年是癸亥年，汉武帝开始开凿昆明池。现在是甲戌年，已经八百五十二年了。"唐玄宗让史官核对这段历史，一点没有差错。唐玄宗更加惊奇。当时又有一个叫叶法善的道士，也善道术。唐玄宗问他道："张果是什么人？"他回答说："我知道，但是我说完就得死，所以不敢说。如果陛下能脱去帽子，光着脚走路去救我，我就能活。"唐玄宗答应了他。叶法善说："张果是混沌初分时的一只白蝙蝠精。"说完，他七窍流血，僵卧在地上。唐玄宗急忙跑到张果那里，脱去帽子和鞋子，自己说自己有罪。张果慢慢地说："这小子口不严，不惩罚他，恐怕他坏了天地间的大事呢！"唐玄宗又哀求了好久，张果用水喷了叶法善的脸，叶法善当时就活了过来。这以后，张果多次说自己又老又病，请求回恒州。唐玄宗派人把他送到恒州。天宝年初，唐玄宗又派人征召张果，张果听了之后，忽然死去。弟子们把他埋葬了。后来打开棺材一看，是一口空棺罢了。

褚 遂 良

　　褚遂良，河南人，父亲叫褚亮，官任太常卿。褚遂良官至仆射，擅长书法。他少年时师从虞世南研习书法，长大成人后又师法王羲之。褚遂良的真书颇得王羲之的清秀媚逸的风格。褚遂良唐高宗显庆年间去世，享年六十四岁。褚遂良的隶书、行书达到绝妙的境界。他曾将自己的书法传授给史陵。然而史陵的书法太古直，失之于疏瘦。

一次，褚遂良问虞世南："我的书法跟智永禅师比较谁的更好些？"虞世南说："我听说智永禅师的书法一字值五万钱，你的字能卖到这个价吗？"褚遂良又问："跟欧阳询比较又怎么样呢？"虞世南说："我听说欧阳询不挑选纸笔。不论用什么样的纸和笔，都能随心所欲地书写。你能做到这样吗？"褚遂良说："既然如此，我为什么偏要讲求对笔、纸的选择呢？"虞世南说："要使手、笔相协调，互相配合，这是最难能可贵的啊！"褚遂良高高兴兴地告辞了。

阎 立 本

阎立本是阎立德的弟弟。唐太宗在位时，官至重位，与哥哥阎立德齐名，曾经奉太宗召令，亲自为唐太宗画像。后来，有一位高手在玄都观东殿前间画画，他的画既可以镇住冈上能产生天子皇帝的灵气，又可以仰观这些天神们的神武英威。阎立德的《职贡图》，画的都是外域的人物，形象非常怪异。阎立本画国王的速写单本流传在民间。这以前南、北两朝的绘画高手，没有超过他们兄弟俩的。一次，南山出现一只凶猛的野兽伤害人，太宗皇帝派遣勇猛的将士去捕获它，没有捕到。虢地的王元凤自告奋勇为民除害，一箭射死了这只猛兽。太宗皇帝非常喜爱他的豪壮，让阎立本将他射杀猛兽的场面画下来。画中的鞍马仆从都栩栩如生，跟真的一样。看过这幅画的人，没有不惊叹和佩服他技艺高超的。另外，阎立本还画有《秦府十八学士图》《凌烟阁功臣图》等作品，也是光耀以前历代绘画名家的。只有《职贡图》《卤簿》等，是跟他哥哥阎立德合作的。民间传说在慈恩寺画功臣，是很多人画的，看不到阎立本的手迹。画中的人物鞍马、冠冕车服，都非常传神。李嗣真说："阎立本师承郑法士，实际上已经超过了郑法士。在阎立本之后，还有王知慎、师范，他俩的画工也比较深厚。阎立本的画是最精妙的艺术品。"唐太宗有一次同侍臣们乘舟在御苑的池中游玩赏景，看到池中有奇异的怪鸟在水面上随波浮游。唐太宗手拍船栏杆叫好多次，命令在座陪同的侍臣们当场赋诗赞咏，又命令随侍的官人宣召阎立本前来将怪鸟画下来。官人们当即向岸上传呼道："召画师阎立本到青苑玉池拜见皇上！"当时，阎立本任主爵郎中。听到传召后，他急忙跑步赶来，大汗淋漓，立即俯身池边挥笔绘画起来。而且，满面羞愧不堪。事后，阎立本告诫他的儿子说："我小时候爱好读书，值得庆幸的是，我还不是个不学无术的蠢材。我都是有灵感时才写文章。在同行中，我的文章写得还是比较不错的。然而，我最知名的是绘画。可是，它却使我像奴仆一样地去侍奉他人，这是莫大的耻辱。你应该深以为戒，不要学习这种技艺了。"到唐高宗时，阎立本官至右丞相，姜恪原是守边将领，凭着战功做了左丞相，又遇上饥馑，国子监里的学生都放假回了。同时又规定三省、六部及御史台的低级办事人员必须通晓一门《经书》。当时有人赋打油诗一首言说这件事：左丞相是个威震大漠的骁将，右丞相是个驰誉画坛的名家。三馆学生都放羊回去了，三省、六部及御史台的办事员却要通晓《经书》。阎立本家世代擅长绘画。他有一次去荆州观看张僧繇的遗画，说："从这画来看，他是徒有虚名。"第二天

太平广记

又去看，说："他还是近代的绘画高手。"过了一宿又去看，说："盛名之下没有低手。"白天在画前或坐或卧，观赏不已；晚上就睡在画旁边，过了十天还不离开。

梁人张僧繇的《醉僧图》，画得惟妙惟肖，道士们常常用这幅画来嘲笑僧人。僧众们感到羞辱，于是大家凑了几十万钱，雇用阎立本画《醉道士图》，这两幅画同时流传下来。

郑 玄

郑玄，汉朝人。郑玄拜马融为师学习算学，三年没有见到师父马融。马融只是让他的一个学得较好的学生教郑玄而已。一次，马融计算浑天，算得不对，问他的弟子们，没有一个能算出来的。有个弟子说郑玄能算。马融立即将郑玄招来让他计算，一转眼的工夫就算出来了，大家既吃惊又佩服。等到郑玄学业学成后辞别老师回归故里时，马融心里忌恨郑玄。郑玄怀疑有人追赶他，于是坐在一座桥的下面，将穿着木屐的脚放在水面上。马融果然用"式"这种卜具推算出他离去的方位，带领人去追杀郑玄。看见郑玄后，马融对跟他一起来追杀郑玄的人说："郑玄在土下水上而依靠着木（木屐代木。此处古人迷信说法，要在土下水上，既是棺木），这回他必定得死。"于是不杀郑玄，转身离去，郑玄方免一死。还有一种说法：郑玄跟马融学习算学，三年时间过去了，没有什么成就，就将他赶出师门。郑玄在回去的路上看见一株大树，便在树荫下闭眼休息一会儿。他在梦中看见一位老翁用刀割开他的肚腹看看他的心，说："你还是可以学成的。"于是，郑玄醒来后马上又回去重新跟马融学算学，很快便精通了所有的精典书籍。马融感叹地说："诗书礼乐，郑玄都精通啦！"心中暗暗产生杀机。郑玄觉察出老师有杀他的想法，偷偷离去。马融用计数的竹制筹码，推算出郑玄此时的方位应在土木上，亲自骑马去偷偷杀他。郑玄见老师骑马追来，慌忙跑到一座桥下，全身卧伏在桥柱子上躲藏起来。马融追到近前，下马来回寻找，不见郑玄，自言自语地说："郑玄此时应当在土木之间，就是这个地方啊。这里还有水，看来不在这儿。"于是，马融骑马走了。郑玄躲过了一场灾难。又有一种说法是：郑玄生于汉顺帝永建二年（127）七月五日寅时。他八九岁时就能用筹码进行乘除法的运算，十一二岁随母亲回到家里，正逢腊月宴会。同席的十多个人，个个衣着华美，能说会道，唯独郑玄神情漠然，一言不发。

　　母亲暗中几次督促郑玄，让他也跟同席人说说话。郑玄说："说话闲聊练嘴皮子，这不是我的志向。"

管　辂

　　管辂能用卜卦观察自然现象来推测事物。初时，有个妇女丢了一头牛，让管辂给卜算一下。管辂说："你到东边山丘的坟墓中去看看，你丢的那头牛就在那儿悬空躺着呢。"到那里一看，果然看到牛在坟坑内悬空躺着。这位丢牛的妇女反而对管辂起了疑心，报告了官府。官府派人来察验，才知道他是用卜卦推算出来的。又有一次，洛中有一个人的妻子丢失了，他让管辂帮他卜算。管辂让他跟一个挑猪人在东阳门相打斗。这时猪从挑猪人的箩筐里跑出来，跑到一家院里，撞坏了院墙，从屋里走出来一个女人，正是问卜人的妻子。同乡的范玄龙家中接连不断地失火，范玄龙找管辂卜算。管辂说："有一位戴着角巾的男人驾着黑牛从东边来，你一定留他住下。"后来，果然有这么一个男人来了。范玄龙留他在家中住下，这个男人急着赶路，范玄龙不放他走，只好住下了。天黑后，范玄龙一家不进屋睡觉。这位男人怕他们谋害他，就手中持刀在里屋门外，倚着柴堆打个盹。忽然有一个东西用口往外喷火，这个男人惊恐，急忙用刀将它砍死，上前去看，原来是只狐狸。从这以后，范玄龙家再也不闹火灾了。又有一个人捕获一头鹿，让人偷走了，到管辂这儿推算。管辂告诉他："东街第三家，等他们家里没人的时候，掘开他家屋上第七根椽子，将瓦放在椽子下面。到明天吃饭的时候，有人就会将鹿送给你的。"这天夜里偷鹿人的父亲头痛得厉害，也到管辂这里来占卜。管辂让他将偷来的鹿还回去，于是他父亲的头立刻不痛了。又有一次，官府内部丢失了物品。管辂让他们在人静时在事门旁指天画地，举着手向四方。到了傍晚，丢失的物品果然又回到原来的地方了。又有一次，平原太守拿一根野鸡毛放在一个容器里，让管辂卜算是什么东西。管辂卜算说："在高高的山上，有只鸟身子是朱红色的，羽翼是玄黄色的，每天早晨它都鸣叫。你容器里装着的是根山鸡毛。"

裴　航

唐朝长庆年间，有个秀才叫裴航，因科举考试不中到鄂渚去漫游，拜访故旧友人崔相国。恰值崔相国赠给他二十万钱，要长途携带回到京城，因而雇大船载到湘汉。

同船有一个樊夫人，乃是国色天香的美人。言词问答交接，隔着帷帐仍觉亲近融洽。裴航虽感亲切，但没有办法表达心意。于是他就贿赂樊夫人的侍妾袅烟，求她传送一首诗："同为胡越犹怀想，况遇天仙隔锦屏。倘若玉京朝会去，愿随鸾鹤入青云。"诗送去之后，很久没有得到答复，裴航多次讯问袅烟，袅烟说："娘子看了诗如同没看，怎么办？"裴航没有办法，于是在途中搜求名酝珍果去送给她。樊夫人这才派袅烟去召裴航相见。到帷帐之后，裴航觉得玉莹光寒，花明丽景，樊夫人乌云似的鬟鬓低垂，修眉如新月淡扫，其举止就是烟霞以外的仙人，怎肯与尘俗之人为偶？裴航再拜行礼，呆愣很久。樊夫人说："我有丈夫在汉南，将要弃官而幽居深山，召我去做诀别罢了。我深以担忧为哀，担心不能按期赶到，哪里还有心情留意顾盼他人呢？确实不能这样。只不过很高兴与你同舟共济，不要把谐谑之意放在心上。"裴航说："不敢。"裴航在那里喝了酒就回来了，知道樊夫人操守如冰霜，不可冒昧相求。后来，樊夫人让袅烟拿一首诗送给裴航，诗中说："一饮琼浆百感生，玄霜捣尽见云英。蓝桥便是神仙窟，何必崎岖上玉清。"裴航看了这首诗，空怀感愧而已，然而也不能把诗中的旨趣全部理解透彻。后来更没有重新见面，只是让袅烟应酬而已。于是抵达襄汉，樊夫人与使婢带着妆奁，没有和裴航告辞就走了，没人能知道她到哪里去。裴航到处寻访她，可是樊夫人隐迹匿形，竟无踪影。裴航也就整理行装回京。经过蓝桥驿附近，因为口渴得很，就下道找水喝。看见三四间茅屋，低而又狭窄，有个老妇人在纺麻苎。裴航给她作揖讨浆水，老妇人吆喝说："云英，擎一瓯浆水来，郎君要喝。"裴航对这句话很惊讶，回想起樊夫人诗中有云英的句子，深感自己不能领会。不一会儿，在苇箔的下面露出一双白玉般的手，捧着一个瓷瓯。裴航接过来喝水，觉得是真正的玉液，异香浓郁，飘到门外。于是他还回了瓷瓯，突然揭开苇箔，看见一个女子，像露珠裹着的红玉，像春风融化了的雪彩，脸胜腻玉，鬓如浓云，娇滴滴地掩面遮身，即使红兰隐于幽谷，也不能和她的美丽芳容相比。裴航呆了，脚像扎根了似的不能走开。于是他对老妇人说："我的仆人和马都饿了，希望在此休息，定当重重答谢，希望您不要拒绝我们。"老妇人说："任从郎君自便。"就让其仆吃饭喂马。过了很久，裴航对老妇人说："刚才看见小娘子，艳丽得使人吃惊，姿容超过当世之人，我所以徘徊不能离去，就是因为希望纳厚礼而娶她，可以吗？"老妇人说："她已应许嫁给一个人，只是时候没到未能成就罢了。我现在年老多病，只有这个孙女，昨天有个神仙送给我灵丹一刀圭，但必须用玉杵白捣之一百天，方能吞服，（吞服以后）一定能比天老得还晚。您若想娶这个女孩，就必须以玉杵白作为交换，我一定把她给你。其余金帛等物，对我没有用。"裴航拜谢说："我愿意以百日为期限。一定带杵白到来，再不要应许别人。"老妇人说："就这样吧！"裴航非常遗憾地离去，等到了京城，一点也不把科举的事放在心上，只是到坊曲闹市喧腾的街道去，高声打听那种玉杵白，竟没有一点影子和回响。有时遇到朋友，装作不认识，大家都说他是狂人。数月余日，他偶然遇到一个卖玉的老头说："最近我接到了虢州药铺卞老的信，说是有玉杵白要卖掉，郎君恳切寻求到这种程度，我当写信指引你去。"裴航含羞地背负珍重礼物，果然找到了杵白。卞老说："没有二百串钱不能得到杵白。"裴航倾囊而出，加上卖仆人卖马的钱，才凑足那个数目。于是独自一人步行奔回抵达蓝桥，昔日那个老妇人大笑着说："有如此讲信用的人吗？我怎能爱惜孙女而不酬谢他的功劳呢？"女郎也微笑着说："虽然这样，然而还要为我捣药一百天，才能商议婚姻之事。"老妇人把药从襟带间解下来，裴航就开始捣药。他白天干活晚上休息，到晚上老妇人就把药和杵臼收归内室。裴航又听到捣药的声音，就去偷看，看到有个白兔拿着杵臼，雪白的光芒辉映满室，可以照出细毛和芝刺，于是裴航的意志更加坚定。到了百日之期，老妇人拿药吞了，说："我进洞去告诉亲戚，为裴郎准备帐帷。"就带着女郎进了山，对裴航说："你且留在这儿稍等。"过了一会儿，车马仆隶迎接裴航前去。又看到一个很大的府邸，镶珠的门扉在日光下闪动，里面有帐幄屏帏及珠翠珍玩，没有一件不尽善尽美，远超过贵戚之家。仙童侍女引导裴航入帐完成礼仪之后，裴航向老妇人下拜，感激涕零。老妇人说："裴郎本来是清冷裴真人的子孙，业当出世，不当对老妪深谢呀！"又带他引见诸宾，宾客中多半是神仙中人。后有一个仙女，梳着鬟髻穿着霓衣，说是妻子的姐姐。裴航拜完，仙女说："裴郎不认识我了吗？"裴航说："从前不是姻亲，想不起来在哪儿拜识。"仙女说："不记得从鄂渚同船回到襄汉吗？"裴航很惊讶，诚恳地表示了歉意。后来问左右的人，回答说："这是小娘子的姐姐云翘夫人，仙君刘纲的妻子，已经是真人，担当玉皇大帝的女官。"老妇人就让裴航领妻子进入玉峰洞中，到琼楼殊室去居住，以绛雪琼英之丹为食。裴航逐渐体性清虚，毛发变得深青带红又转绿，达到神化自在之境，超升为上仙。到了太和年间，其友人卢颢在蓝桥驿的西边遇到他，于是说起得道之事。裴航就赠给卢颢蓝田美玉十斤、紫府云丹一粒，叙话一整天，让卢颢到他亲友那里去送信。卢颢磕着头说："老兄已经得道，无论如何求您教我修道之法。"裴航说："老子说'虚其心，实其腹'，现在的人，心越来越实，怎能懂得道家之理？"卢子不明白，裴航就告诉他："心多妄想，腹漏精溢，就可以知道虚实了。凡人各自有不死之术、还丹之方，只是您未便可教，将来再说吧。"卢子知道不可能请求到，但还等宴席终了才离去。后世的人没有遇见裴航的。

华　佗

　　三国时魏国的华佗，医术高明。有一郡守得了重病，华佗去看他。郡守让华佗为他诊治，华佗退了出来，对郡守的儿子说："你父亲的病和一般的病不同，有瘀血在他的腹中，应激怒他，然后把瘀血吐出来，这样就能治好他的病，不然就没命了。你能把你父亲平时所做过的错事都告诉我吗？我传信斥责他。"郡守的儿子说："如果能治好父亲的病，有什么不能说的？"于是，他把父亲长期以来所做不合常理的事情，全都告诉了华佗。华佗写了一封痛斥郡守的信留下，郡守看信后大怒，派捕吏捉拿华佗，没捉到。郡守盛怒之下，吐出一升多黑血，他的病就好了。又有一位极漂亮的姑娘，已经过了结婚的年龄，可是仍没有嫁人，因为她的右膝长了个疮，不断往外流浓水。华佗看过后，她父亲问女儿的病情，华佗说："派人骑马，牵着一条栗色的狗跑三十里。回来后，乘狗身子正热时截下狗的右脚，堵在疮口上。"不一会儿，有一条红色的小蛇从疮口中出来，进到狗的脚中，那姑娘的病就好了。

○八九

姜 皎

　　姜皎还没富贵的时候，喜欢狩猎。一次，他打猎归来进入家门，见到一位和尚。姜皎问："和尚，你在这儿要什么东西啊？"和尚说："请施主布施贫僧一些吃的。"姜皎让人拿肉给和尚吃。和尚吃完离去，那肉竟然还在。姜皎派人将和尚追回来询问。和尚说："您能大富大贵。"姜皎问："怎么样才能得到富贵？"和尚说："见到真人就能富贵了。"姜皎问道："什么时候能见到真人呢？"和尚抬眼看了看姜皎说："今天就能见到真人。"姜皎手臂上架着一只鹞鹰，值二十千钱。他骑马跟随和尚出城去了，正好遇上了唐玄宗也在狩猎。这时的唐玄宗还是临淄王，他看见姜皎臂上架着的鹞鹰，很在行地问："这是你的鹞鹰吗？"姜皎说："是。"于是姜皎跟随临淄王一同打猎。不一会儿，不知道和尚到哪里去了。后来，有一天有个女巫来到姜皎的家，姜皎问："你说说看，今天有什么人来？"女巫说："今天有天子来。"姜皎笑着说："天子在皇宫里坐着，怎么能来看我呢？"不一会儿有人叩门，说："三郎来了！"姜皎出去一看，原来是那天在一块儿打猎的临淄王。从此以后，姜皎对临淄王倍加恭敬有礼，金钱、马匹，凡是临淄王需要，姜皎都慷慨地奉送，从不吝惜。后来，玄宗皇帝离开潞州，文武百官和亲朋故友都来送行，唯独不见姜皎，玄宗皇帝有些不高兴。待到玄宗皇帝走到渭水北边，只见姜皎在道边陈设帷帐，为他举行隆重的送行仪式。玄宗皇帝高高兴兴地与姜皎道别。从此以后，两人便结下了君臣的缘分。后来，姜皎果然大富大贵。

　　吴主孙权的一位夫人赵氏，是赵达的妹妹，擅长绘画。
她的画精巧美妙，没有第二个人可以达到她的水平。赵夫
人能在手指中间，用彩丝织成云龙、虬凤图案的锦，大的
一尺多，小的见方只有一寸，宫中称为"机绝"。孙权常
常慨叹没能铲除魏、蜀两国，在行军打仗的空闲时间里，
很想得到一位擅长绘画的人，能绘制出一幅有山川、地貌，
供行军布阵用的图像来，赵达就把他的妹妹进献给孙权做
了夫人。孙权让她绘制全国江湖、四方山岳的形势图，夫
人说："丹青的颜色，很容易褪掉，不可能长久保存，我
能刺绣。"于是，赵夫人把所有国家都绣在一块帛上，上
面还绣着五岳、河海、城市及行军布阵的图案，然后把它
献给了孙权。当时的人称它为"针绝"。虽然有用棘刺木
刻的木猴、有公输班造云梯、有制作精美的风筝，但是没
有比它更珍稀瑰丽的。孙权住在昭阳宫，忍受不了夏天的
炎热，就卷起了紫绡幔帐，赵夫人看见后，说："这还不
够宝贵的。"孙权让夫人说明是什么意思，赵夫人回答说：
"我要绞尽脑汁想出个好办法，让帷幔放下来时，清风也
能吹进去；从外面看并没有什么遮挡、障碍，各位侍者也
感到很凉爽，飘飘然仿佛驾驭着轻风一般。"孙权说很好。
于是赵夫人剖开发丝，然后用神胶把它们粘接起来。神胶
出产在郁夷国，是用来粘接弓弩的断弦，百断百续，有神效。
赵夫人就用这经过剖制、粘接起的发丝织成绉纱。几个月
后完工，裁剪缝制成帷幔。无论是从里还是从外面看它，
都像烟气似的轻轻飘动，而且房间里自然变得清幽凉爽。
当时，孙权还亲自带兵行军打仗，常把这幅帷幔带在身边，

作为行军的幕帐。这幅帷幔舒展开时长宽好几丈，卷起来可以放在枕头里面。这时人称它"丝绝"。所以吴有"三绝"。四海之内再没有第二种同它们一样绝妙的稀世珍宝了。后来有为求受到宠幸而谄媚的人，诬陷她说，赵夫人总爱在大王面前炫耀自己。因而招到祸患被废除。赵氏虽然因被怀疑而失去了人主夫人的地位，但是作为技艺高超的工匠，她被载录在史书上，流芳千古。东吴灭亡时，不知她在什么地方。

日 本 王 子

唐宣宗大中年间，日本国王子来唐朝拜见，进献音乐和种种宝器。宣宗皇帝安排宫中艺人为王子表演各种杂技，又命御厨摆设丰盛的宴席来招待日本王子。日本王子擅长下围棋。宣宗皇帝命令待诏顾师言与日本王子对弈。日本王子取出带来的楸玉棋盘，冷暖玉棋子，说："我们日本国东南三万里远的海中，有一个集真岛，岛上有一座凝霞台，台上有个手潭池。池子里出产一种玉子，不用加工制作，自然分成黑、白二色，而且冬天温热，夏天凉爽，因此叫冷暖玉。这座岛上还长着一种叫如楸玉的树，形状跟楸树类似。用这种楸山木雕刻成的棋盘，光洁度可以照人。"顾师言跟日本王子对弈，下到第三十三手时，还不分胜负。顾师言唯恐输给日本王子而辱没了皇上的圣明，握着棋子的手都沁出汗来，思考许久，才落下这一子，即后人称为"镇神头"的这一手。于是，两方互相杀子相持不下的局面才得以化解。日本王子瞪着双眼、缩着肩膀，呆呆地望着棋盘，已经认输了。日本王子问负责接待的鸿胪卿："顾待诏在大唐国围棋高手中是第几名？"鸿胪卿谎说道："第三名。"
实际上，顾师言是国手，第一名。日本王子说："能否见
见第一名？"鸿胪卿说："王子胜了第三名，才能见到第二名。
胜了第二名，才能见到第一名。现在王子您急着想见到第
一名，能见到吗？"日本王子双手按着这盘棋，感叹地说："小
国的第一名，不及大国的第三名。我确实信了。"直到今天，
有些喜欢搞收藏的人，还藏有顾师言"三十三手镇神头图"
的棋谱。

轩 辕 集

　　唐宣宗晚年，酷爱长寿之术。广州监军吴德墉离京赴
任的时候，脚患病，病得很重。等到任满卸职时，已经三年了，
脚的病也已经彻底好了。
　　宣宗盘问他，他说是罗浮山人轩辕集给他医治的。皇
上便通过驿使传召轩辕集赴京，到京后，轩辕集住在山亭
院。后来皇上放他回去，授职朝散大夫广州司马，轩辕集
坚决不接受。临别时，宣宗问他："我能统治天下多少年？"
轩辕集说："五十年。"宣宗大悦。到他死亡时，正好是
五十个春秋。

汉太上皇

　　汉高祖刘邦的父亲，当年未显贵时，身边经常佩带
一把刀，长三尺，上面刻有铭文。这些铭文虽然很难认，
但他怀疑，这把刀很可能是殷商时期高宗征伐鬼方国时铸
造的。

一次，刘邦的父亲去丰沛山泽中，看到山谷里有人在冶炼、打造器具。刘邦的父亲在旁边歇息，问道："你们在铸造什么器具？"工匠们笑着回答道："我们在为天子铸剑。不要对外面的人说哟！"刘邦的父亲认为这是笑谈，一点儿也未感到惊异。

　　工匠们说：我们现在用的铸铁，怎么冶炼打造都很难将它铸成剑。如果将老汉你身边佩的这把刀投放到炉中一块儿冶炼，铸造出来的肯定是神剑，可以用它来平定天下。这是用天上星辰的精气为辅佐，完全可以歼灭三獯。水衰火盛，这是世兆啊。刘邦的父亲说："我这把刀叫匕首。它特别锋利，是任何刀剑不能相比的。在水中可以折断虬龙，在陆上可以刺杀猛虎和犀牛。妖魔鬼怪都抵挡不了它，而且刻金削玉，它的利刃一点也不卷。"工匠们说："如果得不到你这把匕首跟现在炉中的这些铁在一块冶炼，尽管冶炼打制得再精致，让最好的越工来磨刃，也终归是件粗鄙的凡品。"刘邦的父亲听到这里立即从腰间解下匕首，将它投入熊熊燃烧的炉火中。不一会儿，炉火挟烟冲天而起，天上的太阳也昏暗。待到宝剑冶造成了，工匠们宰杀猪、牛、羊三牲。用三牲的血涂剑祭祀。工匠们问刘邦的父亲："老汉，你是什么时候得到的这把利刀？"刘邦的父亲说："昭襄王时，我有一次出行，途中遇到一个野人，他将这把刀送给我。并说'这是殷商时期的灵物，希望你能将它世代相传。它上面刻有古铭文，记载着这把灵刀铸造的年月。'"说到这里，工匠们将新铸造的宝剑拿在手中仔细察看，原来匕首上的铭文还存在，和先前差不多。于是，工匠们当即将这把宝剑授给刘邦的父亲。后来，刘邦的父亲将这把宝剑传授给刘邦。刘邦佩用这把宝剑歼灭三獯，平定了天下，建立汉朝。后来，刘邦又将这把宝剑传授给吕后。吕后将它藏在宝库中。守护库房的士兵发现一道白气如云。从库房里冲出，直上云天，状如龙蛇。因此改库房的名字为"灵金藏"。到了诸吕独揽大权时，白气也没有了。到了汉惠帝登基继位后，用这座库房贮放官中御用武器，改名为"灵金内府"。

相传汉帝将秦王子婴奉献的白玉玺、高祖斩白蛇用的剑，这两件宝物世代相传。剑上镶嵌的都是七彩珠、九华玉，并用五色琉璃混在一起镶嵌剑匣。这把宝剑放在室内自己会发光，一直射到室外，跟刺剑一样。这把宝剑十二年磨一次，剑刃上总像布着一层霜雪似的。打开剑匣板鞘，就会产生一股冷风寒气，而且光彩射人。

千 日 酒

从前有个叫玄石的人，到中山酒店买酒。店家将"千日醉"卖给了他，忘了告诉他这是什么酒了。结果，玄石回到家里喝了千日醉后，醉倒在床上，一连好几天也不醒过来。家里人不知道，以为他死了，就将他装入棺椁中埋葬了。一千天后，卖酒的店家才想起一千天前来买酒的玄石，今天该醒酒了，于是到玄石家询问情况。家里人说："玄石已经死了三年了，现在正好守丧期满。"于是这位店家跟玄石家里人一块儿来到玄石墓前，挖开坟墓，打开棺椁一看，玄石正好刚醒酒，自己从棺椁中走出来。

太平广记

〇九五

大　饼

　　五代前蜀王氏王朝时期，蜀中有个叫赵雄武的人，大家都称他为"赵大饼"。他的名字多次载入地方史志中，是当时蜀中的一位大富翁。赵雄武向来都穿戴整齐后才下厨房。他精通饮食菜肴，平常家中不使用厨师，都是他亲自下厨。他家里后勤这一摊各有两个婢女掌管。到他这辈儿，他家有十五辈人从事厨师工作，都是穿窄袖干净整洁的服装下厨。而且，每餐饭只邀请一位客人，山珍海味都有，即使是王侯之家也不能跟他比。赵雄武还会做大饼，擀一张大饼需用三斗面，饼有几间屋子那么大。或是官廷里举行宴会，或是豪门贵族人家宴请宾朋，常常请他给擀做一张大饼，用刀割着吃。不论来了多少宾客，也绰绰有余。就是再亲密的朋友，他也不告诉你做这种大饼的方法。因此，赵雄武得了个"赵大饼"的雅号。

荀巨伯

　　荀巨伯到很远的地方去看望生病的朋友，正赶上胡人进犯这座城市。友人对荀巨伯说："我就要死去了，你赶快离开这危险的地方吧。"荀巨伯说："我远道而来，就是为了看望你的病来的。现在遇到危险就扔下你走了，这是荀巨伯能做出来的事情吗？"胡兵攻破城池，来到荀巨伯的朋友家，看见荀巨伯说："我们进到城里后，整座城的人都逃光了。你是什么人？一个人留在这里。"荀巨伯说："我的这位朋友身患重病，我怎么能将他一个人扔下不管呢？请你们不要伤害他，我愿意替我的这位朋友去死。"

胡兵听了这话很感动，相互议论说："我们是无义之师，侵占了有道德修养的国家。"于是悄悄退出了这座城市。荀巨伯这种高尚的行为，拯救了全城的居民。

张　祜

　　进士崔涯、张祜落第后，经常在江淮一带游走。经常聚众饮酒，侮辱戏谑当时有名望的人；或者乘着酒兴，自称为江湖上的豪侠。这两个人的喜好崇尚相同，因此相处得特别融洽。崔涯曾经写首赞颂侠士的诗。诗是这样的：太行岭上三尺雪，崔涯袖中三尺铁。一朝若遇有心人，出门便与妻儿别。从此，常常可以从人们的口中听到："崔涯、张祜是真正的豪侠啊！"凡是这样说的人，往往都是经常摆设酒宴款待崔涯、张祜的人。他们之间互相推崇赞许。后来，张祜给管理盐铁的官吏赠一首赞美诗。这位盐铁使在漕渠上授予他儿子一个小官职，负责冬瓜这一段堤堰的管理工作。有人戏谑张祜说："你的儿子不应该任这么小的职务啊！"张祜自我解嘲地说："冬瓜就应该产生张祜的儿子！"戏谑他的人听了这样的回答后，相望着大笑不止。过了一年多，张祜家积攒了一点资产。一天晚上，来了一位身穿夜行衣的人，全身武侠打扮，腰间悬挂一柄宝剑，手中拎着一只行囊。囊里盛着一件东西，有血滴出囊外边。

　　来的人进入屋门后问："这儿不是张侠士的住处吗？"张祜回答说："是的。"非常恭谨地让这个人进屋落座。来的人说："我有一个仇家，此仇已结十年了。今夜我将他杀死了，总算报仇了。"边说边高兴，指着行囊接着说："这里面装的就是这位仇人的首级。"他又问张祜："这儿有酒店吗？请张大侠打些酒，我们一块儿喝一杯好吗？"喝完酒，来了一个人说："离这儿三四里地有一位义士，我想报答他对我的大恩。如果今晚能报答我的这位恩人，那么，我平生恩仇两件大事就都算处理完了。听说张大侠非常讲义气，能不能借我十万缗钱？我用完之后马上还给你。这两件事都完成后，今后张大侠就是让我赴汤蹈火，我也没有什么顾忌的了。"张祜听来的人这样说，大喜过望，一点也不吝惜自己的资财，马上将家中的一切值钱的物品都拿出来摆放在烛光下，将其中中等品级以上的书画真迹，计算好价钱，给了这位来客。来的人高兴地赞扬说："真是位痛快人啊！我平生再没有什么遗憾的事情啦！"于是将行囊连同里面的人头留下，便离开了张祜家，约定好报恩后马上返回来。待到这位来的人离开张家后，到了约定回来的时间却没有回来。张祜一直等到外面报夜的敲完五鼓了，还是一点踪影也没有。张祜考虑到一旦行囊中的人头让人发现了，会连累自己的。况且这位深夜来客又不按约回来，实在没有什么好办法，只好让家中的仆人将行囊打开看看，原来里面装的是一只猪头。从此，张祜的豪侠精神就没有了。

裴 延 龄

　　唐德宗李适在位期间，连续任司农少卿的裴延龄，随即又以司农少卿兼户部尚书身份，管理国家的财政开支。裴延龄知道自己不懂得财政工作，于是设置调查咨询的机构，请来掌管过财政的退职老年官吏，帮助他出谋划策，来求得皇上对他的信任。在这之后，他上奏德宗皇帝说：

"整个国家钱物的收支相连接，通常情况下，库存都不少于六七千万贯，只存放在一座库房，出现差错没办法知道。请求允许在左藏库中分开存放，另外设立欠、负、亏损与剩余等库房，以及设立季库月给制度。即按月发放俸禄，每到一个季度结束时，将剩余的各种钱物储存在季库中。"德宗批准了他的这些建议。其实，这些设置，都是裴延龄故意搞的名堂，想用这些来迷惑皇上，以达到他邀恩纳宠的目的。实际上，这样设置，钱物一点也不能增加，只是白白耗费财力、人力而已。裴延龄又上奏德宗，让京城地区用两税和青苗钱来购买饲草一百万团，送到皇家御苑中。宰相们议论：如果买饲草一百万团，那么京城地区的百姓从冬到夏都搬运不完，又妨碍占用农业生产的时间。这件事情得上奏皇上，制止他这样做。京城长安西郊有一片低洼潮湿的污泥池塘，上面丛生着芦苇，不过几亩地。裴延龄忽然上奏德宗皇帝，说："御苑马厩里的马，冬天应当在槽中饲养，到了夏天就应该在野外放牧。我近日寻访到长安、咸阳两县交界处，有一片临水的低洼湿地，约有一百顷，请皇上批准这块地方作为御马放牧的地方，而且这片湿地离京城只有十几里路。"德宗相信了裴延龄的奏请，对宰相们说及此事。宰相们坚持说："恐怕没有这么大的牧马地方。"德宗派出官员去察看，官员说根本没有这么大的一片湿地。宰相们当着裴延龄的面，如实回报德宗，裴延龄既羞愧又恼怒。一天，德宗召见裴延龄，说："我的住处浴室殿院有一根屋梁，因年久失修损坏了，到现在还没有更换。"裴延龄回答说："社稷宗庙事重，殿梁事轻。皇上自有本分钱。"德宗惊异地问："本分钱是什么钱啊？"裴延龄回答说："这是经书上讲的义理。愚蠢的腐儒、平

太平广记

○九九

常的庸才，没法跟他们讲。皇上问我正合适，我知道是怎么一回事。准礼经上说：普天下的赋税，分为三份。一份用来置办干肉、祭器，一份用来宴请国宾，一份用来置办皇上御厨里的用品。干肉、祭器是供宗庙祭祀的用品。现今皇上祭奉宗庙，虽然特别庄严、特别丰盛、特别优厚，也用不了一份财赋啊。至于朝贺庆典、接待各国使臣宾客，以及给回纥的买马钱，也只需一份财赋而已，还有很多盈余呢。况且，皇上的御膳、宫中的饮食都极节俭。在这以外，赏赐给文武百官为俸禄吃饭钱等，就没有用尽。根据我的推算，宫中饮食用度所用的钱物还比这少。所有剩余下来的，都是皇上的本分钱啊！用来修建十座殿堂，也不应当怀疑。何况一梁乎？"德宗皇上说："经书上的这种义理，别人没有说过，我只好点头称是而已。"后来，裴延龄计算建造神龙寺的用料，说必须用长七十尺的松木。裴延龄上奏说："我近日在同州，看见一座山谷，有松树好几千株，都长七八十尺。"德宗说："听人说，开元、天宝年间，在京城附近寻找长五六丈的木材，尚且不容易找到，都须在岚胜州采伐。如今为什么近处就有这么长的松木？"裴延龄回答说："对于圣贤的人来说，珍宝异物处处有，现在圣君已经出现了。这种长木今天生长在京城附近，都是因为圣君已经出现了。怎么开元、天宝就必须有呢？"裴延龄言辞苛刻，以盘剥下属依附皇上为能事。跟皇上奏对时，他完全随意进行诡辩，说些虚妄怪异不着边际的话，别人都不敢这样说。他却一点儿也不怀疑自己说得不对，他人又不曾听到过。德宗皇上很想知道外界的一些事情，因此特别优待他。

太平广记

萧颖士

　　唐玄宗天宝初年，萧颖士因为去灵昌游玩，来到胙县以南二十里的地方。这里有一家胡店，店里的人多数都姓胡。萧颖士从县城出发时，天色已经很晚了。县里的官员们为他设宴饯行用了一段时间，到了傍晚才起程。萧颖士出了县城向南走了三四里路，天色就昏暗了，遇到一位妇女约二十四五岁，身着红衫绿裙，骑着一头毛驴，驴身上驮有衣服。这位妇女对萧颖士说："我家住在这条道往南走二十里的地方。现在天色已晚，我一个人走路很害怕，愿意随您一块儿走，搭个伴好吗？"萧颖士看看女子问："你姓什么？"女子回答说："我姓胡。"萧颖士常常听人们说有野狐狸精，或者变成男人，或者变成女人，在天傍黑时迷惑人。萧颖士疑心眼前的这位妙龄少妇就是野狐狸精变的，于是唾骂申叱说："死野狐，你竟敢媚惑我萧颖士？"立即打马向南疾驰而去。萧颖士骑马来到胡家店，投宿店中，脱衣歇息。过了许久，他从窗户看到路上遇见的那位少妇牵驴从大门进到院子里。店里的老主人出屋问道："为什么违禁夜行？"少妇回答说："犯夜还算罢了。适才在路上被一个得了疯犬病的人，唤我是野狐，好悬没被他唾杀我。"直到这时，萧颖士才知道自己误将店主的女儿当成了野狐精，不由得羞愧满面，很不好意思。

孙思邈

　　唐朝邓王李元裕，是唐高祖的第十八位儿子，喜欢学习，擅长谈论辨名析理之学，典签卢照邻是他的布衣朋友，

101

他经常声称: "我的命就这样了。"卢照邻是范阳人, 任新都尉, 因为患有难医治的疾病, 他住在阳翟的具茨山, 编著并注释《疾文》和《五悲》。卢照邻性情高雅, 颇具诗人风度, 不料后来竟投颍水自杀身亡。卢照邻曾居住在景城鄱阳公主废弃的府第中。显庆三年 (658) , 唐高宗召见太白山隐士孙思邈, 当时孙思邈也住在这里。孙思邈是华原人, 当年已经九十多岁了, 但是他的视力和听力都一点没有减弱。卢照邻见到孙思邈后, 伤感自己正在壮年却疾病缠身, 久治不愈, 终日困顿疲惫, 于是作《蒺藜树赋》, 用来伤悼他与孙思邈二人之间体质的差异。卢照邻作的赋, 词句极其华美。孙思邈精通天文历法和摄生养性。卢照邻和当时的名士宋令文、孟诜都用对老师的礼节待孙思邈。他们曾问孙思邈, 说: "名医能治好病, 是根据什么道理呢?"孙思邈说: "我听说通晓天的人, 一定能在人的身上找到它的本体; 熟悉人的人, 一定是以天为本体, 所以天有春、夏、秋、冬和金、木、水、火、土。黑天白日轮流更替, 寒冬暑夏交换更迭, 这是大自然在运动。自然界中的大气, 合起来就成为雨, 流动的时候就成为风, 散发开去的时候就成为露, 紊乱无序时就成为雾, 凝聚时就成为霜雪, 伸展扩大成为虹霓, 这是大自然的正常规律。人体有四肢和五脏, 醒着、睡时, 呼出吸进, 精脉和气血循环。流动就是血气循环, 显现出来就是人的气色, 放出来的就成为声音, 这是人体的正常运动。阳用它的精华, 阴用它的形体, 这是天与人相同的, 如果它违背了这正常规律就要生病了。蒸就发热, 不然就生寒, 淤结就成为瘤赘, 阻隔就成为痈疽, 奔走过疾, 就气喘吁吁, 用尽了精力, 就会焦枯, 根据表面的诊断, 可以检查出身体内部的变化。从人体类比自然界也是这样。

因此金、木、水、火、土的伸屈变化，星辰运行中出现的差错，日食、月食现象，彗星的陨落，这是自然界的危险征兆！寒暑颠倒，这就是外界的冷热失常啊。石头竖起，泥土跳跃，这是自然界的瘤赘啊。山崩地陷，这是自然界的痈疽。急风暴雨，这是自然界的喘乏。不降雨露，河流、湖泽干涸，这是大自然的焦枯啊！良医用药物进行疏导，用针灸治病救人；圣明的人用高尚的道德来治理天下。所以身体有可以消除的疾病，天有可以去掉的灾害，这全都是气数啊！"

卢照邻说："人世间的事情怎么样呢？"孙思邈说："胆要大，心要小；智虑要圆通，行为要方正不苟。"照邻说："怎么讲呢？"思邈说："心是五脏的元首，它应该遵循规律办事，所以要谨慎。胆是五脏的将领，它必须坚决果断，所以胆要大。有智慧的人行动如同天，所以要圆通；仁义的人沉静如同地，所以要方正不苟。《诗经》说：'好像走到了深渊的边缘，仿佛踩在薄薄的冰层之上，要小心。威武雄壮的武士，保卫着三公九卿，是大胆。'《左传》说：'不因为有利可图就返回去；不因为行仁施义就悔疚，就是仁义的人的方正不苟。'《易经》说：'遇到机会就要立刻去做，不能整天等待，这就是明智人的圆通。'"卢照邻又问："养性的道理，最重要的是什么呢？"孙思邈说："天有满有亏，人世间的事情有许多艰难困苦。如果不谨慎行事而能从危难中解脱出来的人，从来也没有过。所以讲求养性的人，自己首先要懂得谨慎。自己谨慎的人，长期以忧畏为根本。《道德经》说：'人不畏惧灾祸，天就要降灾难给你。'忧畏，是生死的通路、存亡的因由、祸福的根本、吉凶的源头。所以读书人无忧畏，仁义就不存在，种田的人无忧畏，粮食就不能增产，做工的人无忧畏，就没有可以遵循的标准和法则；做买卖的人无忧畏，经营就不能盈利，当儿子的无忧畏，孝敬父母亲就不至诚；做父亲的无忧畏，慈爱就不执着；为人臣子的无忧畏，就不能建功立勋；身为君王的无忧畏，国家就不会安定，因此养性的人，失掉了忧畏就心思紊乱没有条理，行为焦躁，难以自持，神散气越，意迷志摇。应该活着的却死了，应该存在的却消亡了，应该成功的却失败了，应该吉利的却遇凶险。啊！忧畏就像水与火一样，一刻也不能忘掉它呀！人无忧畏，子弟就会成为你的强敌，妻妾变成你的仇寇。因此，最重要的是畏道，然后是畏天，其次是畏物，再次是畏人，最后是畏自身。你不忘忧畏，就不被别人限制；自己永记忧畏，就不受别人管束。在小的事情上谨慎，就不怕大的挫折，戒惧眼前忧虑，就不害怕以后的磨难。能懂得这些道理的人，在水中航船，蛟龙不能害你；在路上行走，老虎、犀牛这些凶猛的动物都不会伤着你；各种兵器也碰不到你；各种疾病、瘟疫也传染不上你；爱说别人坏话的人也毁谤不了你；有毒的蜂、蝎也螫不到你。了解这个道理的人，人世间的一切事情就全明白了。"不久，孙思邈被授予承务郎，执掌药局事务。孙思邈在唐高宗永淳初年去世，留下遗嘱：要薄葬，不要焚烧那些纸扎的阴间器物，祭祀时不宰杀牲畜。他死后一个多月，颜色还和活着的时候一样，当抬他的尸体放入棺中时，给人的感觉就像抬的是空衣服一样。孙思邈一生撰写《千金方》三十卷，传给后代。

安重霸

前蜀王朝时，简州刺史安重霸贪得无厌。州中百姓中有一位姓邓的油商，能弈棋，家中也比较富裕。安重霸将他找来对弈，只让他站着弈棋，不许坐下。邓油商每布下一子后，安重霸立即让他退到西北窗下站在那里，待自己盘算好棋路，才布子。下了一天只布下十几个子罢了。邓油商又累又饿，几乎到了体力支持不住的程度。第二天，安重霸又派人召见邓油商继续弈棋。有人告诉邓油商说："这个刺史喜爱受贿，他找你的本意不是为了弈棋啊！你怎么不向他献上贿赂而求得不去呢？"邓油商听了这个人的话，献给安重霸白银三锭，这才免去站着弈棋之苦。

晏　婴

春秋时期，齐国晏婴身材矮小，出使楚国。楚国在大门旁边开一个小门迎请晏婴。晏婴不走小门，说："出使狗国，入狗门。现在晏婴出使的是堂堂的楚国，不应当从狗门走进去。"楚王问："齐国没有人吗？"晏婴回答说："齐国派遣贤德高尚的人参见贤德高尚的国王，派遣品德不好的人参见品德不好的国王。晏婴品德不好，因此出使楚王。"楚王对身旁的大臣们悄声说："晏婴善于雄辩，我想治治他。"于是，楚王坐好后，武士们从外面绑着一个人进来。楚王指着阶下绑着的人问："他是什么人？"左右回答说："是个犯偷窃罪的齐国人。"楚王看着晏婴，问："齐人擅长偷窃吗？"晏婴回答说："我听说橘生长在淮南，移植到淮北就变成了枳。枝干、叶片都相似，它结的果实的味道却不同，是因为水土不一样啊！大王绑着的这个人，在齐国时不懂得偷盗，来到楚国后就成了盗贼，本质变坏了。这是楚国的水土使他变坏的啊！"楚王听后笑着说："我反倒被你给戏弄了！"

冯 涓

　　冯涓是前唐朝的名流。他学识渊博，曾考中进士，官至高位。有一回，唐朝皇帝去梁洋，冯涓随驾同行。到了汉中，皇上下诏任命他为眉州刺史。他去赴任，进了蜀地却遇上蜀主的军队而被俘，蜀主王氏将他强留于幕府中。冯涓的性格耿直不屈，恃才傲物，不肯与蜀主和好。他知道蜀主别有图谋，因此什么事也不肯答应。有人来赠送锦帛绸缎，他都锁在柜子里，上面写上"贼物"。蜀主虽然知道，但爱其学问才艺，每次都极力忍受了。有时也难以容忍，曾数次将他以礼请出院，想抓而杀之，但他丝毫没有惧色。后来朱梁朝派遣使者送信给蜀主，命令韦庄等人，草拟回信呈上，都不甚满意。左右的人道："不妨叫前朝察判（冯涓）去办这件事。"蜀主又觉得有愧色。梁朝的使者将要回去禀告，不得已，蜀主只好请冯涓来办，当时亟须写一答书，冯涓提笔一气呵成。蜀主看了称心如意，于是恢复从前的欢悦。因而召各厅的人一起来参加宴会。在喝酒的时候，冯涓整整衣襟恭敬地道："偶然想起一段佳话，想对大王讲讲，可以吗？"蜀主允许了他，于是他便讲道："我年轻的时候，多次到各地去拜访诸侯。每次出去，都要带上许多的书简，驴也得驮，马也得驮。刚上路时，驴子又叫又跳地撒欢，跟马抢路跑在前面，不能制止它。走了半天后，遇到上坡，力竭而蹄软，遍体流汗，回头对马说："马兄啊马兄，我走不动了，可以替老弟驮上这些书吗？"马兄答应了它，于是把书全放在马背上。马也回头对驴子说道："驴弟，我还以为你有多少伎俩呢，毕竟还都压在老兄身上了吧？"蜀主大笑。同僚们都遭到他的戏谑。到蜀主建国之后，冯涓最后也没肯做宰相。

杨 铮

四川有个秀才叫杨铮，尽想些坏点子捉弄人。或者在诗赋中故意失韵，或者是秽语脏话连篇，拿人开玩笑，然后装上卷轴，去拜访王侯官僚。凡是去的地方，无不隆重迎接。就是那些很有雄威的藩镇幕府，也是争相以车马接迎。他每次出行，仆人和乘马都装饰得很华丽，仆人骑骡与他并肩而行，为他带着装书的袋子。地处偏僻的郡或小县，更加精心接待侍候他，主要是怕他进行诽谤和亵渎。黔南节度使王茂权，是个聪明而又文武全才的人，四方身负技艺的名士，无不聚集于他的门下。他召见了杨铮，叫人收拾东阁给杨铮住，并以礼相待。当时王茂权让他献来恶诗，好以此作为笑料。王茂权把门客都请来，有未排上号的，还因此而很不快活。有一天，茂权忽然屏退随从对杨铮说："秀才，本州一定想要商量留下你，希望能伴我到罢任后同归故里，可以吗？如果可以，就给你以占卜的方式择女娶妻，东阁仍留给你居住。"杨铮欣然从命。于是茂权让媒人去问女方的姓名宗属等。到了成亲那天，宴席早准备好了，于是邀请各位佐官从事来赴婚礼。杨铮亲眼见过那女子，容貌端庄美丽。可是刚举行过婚礼，就遭到她的殴打辱骂，而且左右婢仆，都是帮她一起对他进行毁誉谩骂，使他不胜其苦。其实这是茂权让几个少年人假扮的，让他们浓妆艳服以欺骗杨铮。这时茂权才到来，他看到这场面只是大笑。此后杨铮多次来找茂权，每次都乞求放他到一个小城去任职。茂权一开始表示不好办，后来托人来商议才准许。于是命他到简署，到时去充任行李（官员出行时在前开道或在后随从的人）。选择吉日起程告别，那一天，县城迎接他的人从衙门外一直排到大街上。忽然有两个人疾步而来，手中拿着令帖，在大街上当众把杨铮拖下马来，夺去他的中带，说道："我们有官府的判决书，来拘捕你入狱，核对后将你处死！"这也是茂权用的欺骗之计。杨铮给那两个人送了钱物，他们才让他脱逃而出，一直潜藏了十天，才叫他出来。幕府的人以此大笑。

许真君名叫许逊，字敬之，河南汝南县人。他祖父许琰，父亲许肃也都热衷于道术。东晋的尚书郎许迈，任散骑常侍护军长史的许穆，都是真君的同族。真君少年时就拜大洞君吴猛为师，吴猛传授他《三清法要》。后来通过乡试举荐为孝廉，被任命为四川旌阳令。由于晋朝官廷混乱，真君辞去了官职，由洛东回到河南。归途中和吴君一同游江左，正赶上晋室宰相王导的堂兄王敦造反，真君就故意写了一道假符去见王敦，想要制止王敦造反，以维护晋朝皇室。这天，许真君和郭璞一起求见王敦，王敦忍着怒气对真君说："本帅昨晚做了一个梦，想请先生给我解释一下，怎么样？"真君问："将军做的什么梦？"王敦说："本帅梦见自己持着一根木杆桶破了天，我接替晋朝，没有任何问题了吧?"许真君说:"我看这梦很不吉利。"王敦说:"你给我讲讲怎么个不吉利?"真君说:"'木'字刺破了'天'，这是个'未'字，我看你不能轻举妄动，因为晋朝的气数并没有衰落。"王敦大怒，又叫郭璞算卦。郭璞算完卦后对王敦说:"你做皇帝的事成不了。"王敦让郭璞算一算他的寿数，郭璞说:"你要起兵篡位，不久将大祸临头，如果仍留在武昌当你的江南刺史，就会长寿。"王敦大怒，故意问郭璞:"你算算你什么时候死呢?"郭璞说:"我的死期就是今天了。"王敦当即就让武士把郭璞拉出去绑赴刑场。当时，二位真君正和王敦一块儿喝酒，许真君突然把酒杯扔到房梁上。酒杯绕着房梁转来转去。王敦抬头看酒时，许真君就隐身离去。他向南出了晋关，抵达庐江口，就高呼船工，想搭船到钟陵。船工说:"我虽然有船，但没人驾它，所以没法载你。"真君说:"你只要让我上船，我自己驾船。"真君上船后又对船工说:"你就待在船舱里吧，关上舱门不要出来，如果你觉得船走得太快，千万不要向外偷看。"于是真君施起法术，船就离了水面，腾空而起，在空中飞行。真君在船上端坐着谈笑，片刻之间，船已到了庐山金阙洞西北的紫霄山山顶。真君打算快点超过金阙洞，载着船的两条龙就往低处飞，这就使得船撞击着山上的林木，发出震耳的声音。这声音惊动了船舱中的船工，船工就向外面看了一眼。这时那两条龙发现被人偷看，就把船搁置在山顶后飞走了。许真君对船工说:"你不听我的话向外偷看，惊动了那两条龙，把船搁在这万丈高的山顶上了。现在我要去和几位真君一块儿清除妖魔，需要暂时离开这里，到江河湖海去巡游。你失去了船，没法回到人世，可以在这紫霄峰上隐居下来游览一下庐山。"真君临走时，又把服食灵草的方法和遁迹隐身的地仙方术告诉了船工。到现在那条船的痕迹还留在庐山紫霄峰上。后来，许真君在豫章遇见一个风度翩翩的少年，少年自称名叫慎郎。许真君和他谈话后，看出他不是凡人，转眼间，少年就不见了，真君对看门的说："刚才来了个少年，是个鲨鱼或蛤蚌变的妖精，江西连年闹洪水，就是它在兴妖作怪，这次我如果不除掉它，他就又逃脱了。"那蛤蚌精知道真君识破了它，就逃到龙沙洲北边，变成一头黄牛。真君用他的道眼向远处一看，就对弟子施大王说："那个妖怪化成了黄牛，我现在变成一头黑牛，并在我臂上绑一条手巾以便辨认。你如果看见它狂奔，就用剑截住它。"说完真君就化身离去。不一会儿，果然看见黑牛赶着黄牛狂奔而来，施大王用剑砍黄牛，砍中了它的左腿，它一头栽进了城西一口井里，许真君变的黑牛也追进了井里。那蛤蚌精又从井里逃了出来，一口气跑到了潭州（今湖南长沙市），变成了人。原来一开始那蛤蚌精变成一个聪明俊秀的少年，而且非常富有。他知道潭州刺史贾玉有一个女儿长得非常好看，贾玉正想要找一个高贵的女婿。蛤蚌精就用很多财宝贿赂了贾玉身边的人，取得了好感，贾玉就把女儿嫁给了他。婚后，夫妻在衙署的后院住。每年一到了春夏之间，蛤蚌精就要求让他到江河去旅行，回来就带回不计其数的珍宝，贾玉的亲戚和奴仆都成了大富翁。然而这一次蛤蚌精被许真君追赶逃回潭州贾玉家后，什么珍贵的东西也没有，两手空空，而且说自己遇上了强盗，被刺伤了腿。正在全家悲叹惋惜时，门上报告说有一个姓许的道士求见刺史，贾玉赶快接见了许真君。真君对贾玉说："我听说你有位贵婿，能不能让我见见他？"贾玉就让那个自称慎郎的女婿出来和道士相见。慎郎害怕，假称有病躲了起来。这时徐真君厉声说："你这个江河里的害人精，蛤蟆变成的老妖怪，还不快现出你的原形！"蛤蟆精立刻现出了原形，在堂前蠕动，被刺史的卫士当场杀死。许真君又让蛤蟆精的两个儿子出来，用水一喷，两个儿子立刻变成了小蛤蟆。刺史的女儿贾氏也几乎要变成了蛤蟆，她的父母恳求真君相救，真君就给了她一道神符才使她没有变成蛤蟆。然后，真君让贾玉挖开他房子的地基，挖下去一丈，就见地下已被那蛤蟆精掏成了一个无边的大坑了。许真君对贾玉说："你家的人快要变成鱼鳖了，赶快搬家，不要有一点迟疑。"贾玉就急忙搬了家。不一会儿，贾玉的整个府宅就陷落崩塌，被一片浪涛淹没。现在那里还是一个大池塘。东晋孝武帝太康二年（281）八月一日这天，在洪州西山上，许真君的住宅突然腾空而起，他全家四十二口都成了仙，只有一个石匣、一副车轮和真君用过的锦帐从云中落到他的故居，当地人就在故居建了座庙，庙名叫"游帷观"。

刘 孝 绰

刘孝绰，彭城人，从小就很聪明，七岁便能写文章。他的舅舅中书侍郎王融十分赏识他，常说当今天下的文章，如果没有我，就要数阿士写得最好了。阿士是刘孝绰的小名。孝绰与到洽是好朋友，一起在东宫任职。孝绰自以为才学优于到洽，因而每次宴会坐在一起，都要讥笑到洽的文章，到洽很怨恨他。孝绰任廷尉正时，把小妾带进了官府，而把自己的母亲仍留在家里。到洽当时任御史中丞，于是向皇上揭发了他的罪过，他因此获罪被免职。后来梁高祖征集用诗，奉命参加的作者有数十人，孝绰是其中最优秀的，当时便下令起用他任谘议，后来又转任黄门侍郎。孝绰又因收受贿赂被授贿人告发而获罪，受到降职处分。孝绰少年时就很有名气，依仗有才学而十分任性，常常是盛气凌人。凡有不合自己心意的人或事，便极力诋毁人家。领军臧盾、太府卿沈僧杲等都是因赶上时机而得到官职的，孝绰轻蔑他们，每次在朝中集合会面，从不与他们说话，反而称他们为马夫，询问些道路上的事，因此他们对他畏惧。

梁朝的刘孝绰很瞧不起到洽，到洽原来是个浇园子的，有一次他问孝绰："我的房东有好地，我打算买下来，可是他不肯卖给我，你有什么妙计能让我得到这块好地？"孝绰道："你何不多送些粪便堆在他的墙下让他吃些苦头呢？"到洽十分怨恨他，结果后来孝绰受到他的报复。

武 承 嗣

周朝（武则天建的朝）补阙（官名）乔知之的婢女碧玉生得娇艳美丽，并且能歌善舞，又会写文章，乔知之特别宠爱她，为此他没有结婚。魏王武承嗣要暂时让她去教他的姬妾们梳妆，去了之后便被纳为妾，再也不放她回来了。乔知之于是写了首诗《绿珠怨》寄给碧玉，诗写道："石家金谷重新声，明珠十斛买娉婷。此日可怜偏自许，此时歌舞得人情。君家闺阁不曾观，好将歌舞借人看。意气雄豪非分理，骄矜势力横相干。辞君去君终不忍，徒劳掩袂伤铅粉。百年离恨在高楼，一代容颜为君尽。"碧玉得到诗后，哭了三天不吃饭，投井而死。武承嗣捞出尸体，在裙带上得到此诗，大怒，便暗示让人虚构罪状控告乔知之，竟然在南市斩杀了他，并没收了他的全部财产。

段　氏

临济有个叫"妒妇津"的渡口。传说晋朝泰始年间，刘伯玉的妻子段明光生性妒忌。伯玉曾在妻子面前诵读《洛神赋》，他对妻子说："要能讨到这样漂亮的女人，我就终生无憾了。"明光说："您怎么因为水神生得美而轻视我，我死了何愁不成为水神呢！"当夜她就跳水而死了。死后第七天，她在梦中对伯玉说："您本来是喜欢水神的，我现在已经成为水神了。"伯玉于是终身不再从这条河上渡过。从此之后，凡有女人从这个渡口过河的，必须先把衣饰打扮弄坏了，然后船夫才敢让她上船。若不如此，行至水中就会有风浪大作。相貌丑陋的女人，打扮得再好渡河，里面的水神也不妒忌她。凡是不弄坏衣妆而渡河不引发风浪的女人，皆因相貌丑陋而不能招致水神的妒忌。丑女人过河时，因为怕人说她丑，所以无不主动破坏自己的形象，借以避免人们的嗤笑。由此，当地人流传着这样的口语：若求好媳妇，立在河渡口，女人到河旁，美丑自分明。

买　粉

有一户人家十分富裕，家里有个独生儿子，平日非常娇生惯养。孩子长大了，常到市场游逛，看到有个卖粉的女子长相美丽，便爱上了她。因为他无法向对方表达爱意，便假托买粉，天天去市场，买完粉就走。开头谁也不说什么，时间久了，女子便怀疑起来。第二天再来时，她便问道："先生买了这粉，要往什么地方用？"他答道："心里喜爱你，自己不敢说，但又总想见到你，所以借着买粉的机会天天来看你的好模样儿而已。"女子听了很不好意思，但心里很受感动，于是私下相许，说定明晚相会。那天夜晚，男的睡在正屋，耐心等待女的到来。女的果然到了，男的不胜欢悦，他抓住对方的胳膊说："多日的愿望如今终于实现了！"狂欢，激动，死了过去。女的极为惶恐，不知所措，便跑了，天亮时回到了粉店。吃早饭的时候，父母见儿子还没起来，感到奇怪，过去一看，已经死了。入殓的时候，在儿子的一只箱子里发现一百余包粉，每包的大小都一样，母亲便说："一定是这些粉杀死了我儿子！"于是到市场上逐个店铺买粉。到这个女儿家买粉时，这对夫妇拿来一比照，与儿子买的粉完全一样，于是抓着她问道："你为什么杀了我儿子？"女子听了，呜呜咽咽地哭起来，并把真实经过叙说了一遍。父母不相信她的话，便把此事告到了官府。公堂对审时，女子说："他既然已经死了，我难道还舍不得一死吗？只求让我到尸首前尽尽哀悼之情。"县令答应了她的请求。女儿来到死者面前，抚摸着尸体放声恸哭道："想不到竟有如此的不幸！如果死魂有灵，知道我不曾害你，我死了又何妨！"男儿豁然苏醒过来，叙说了事情的原委。两人便结为恩爱夫妻，后来子孙满堂。

天　后

　　唐代，武则天梦见一只鹦鹉，羽毛丰满，两只翅膀却折断了。醒来，她问宰相和大臣是怎么回事，众人沉默不语。内史狄仁杰说："鹉者，陛下的姓。两翅膀折断，是说陛下的两个儿子，现在却在庐陵郡做相王。你如果能起用这两个儿子，两翅膀就全了。"听完他的话，武则天的两个侄子武承嗣、武三思连脖子都红了。后来，契丹人围住幽州，向朝廷下了一道檄文，说："还我庐陵相王来！"于是，武则天回忆起狄仁杰的话来，心想，他曾经为我解梦，今天果然应验了。她说："我想立太子，谁行呢？"狄仁杰说："陛下内有贤子，外有贤侄，选择谁你可要认真考虑，最后还得由你定。"武则天说："我当然要立我的儿子，承嗣、三思算什么东西！"听她这么一说，承嗣等害怕了，乘人不备跑掉了。武则天随即降旨相王李旦，立为太子。他出任大元帅，开始招兵的时候，没有几个应招的。后来听说了太子的德行，北邙山头站满了来应招的新兵，再也容不下了。见状，敌人自己就退回去了。

杨 林

宋代，焦湖庙有一个柏树枕头，有人叫它玉枕，枕上有裂缝。当时，单父县人杨林做了商人，来庙里祈祷。庙里的巫师对他说："你想结婚成家吗？"杨林说："如果能这样，那可就太好了！"巫师立即让他来到柏枕旁，并从那裂缝中走了进去。杨林走着走着，随即看见一座镶金铺玉的红楼，赵太尉正坐在里面。太尉见了杨林，便把女儿嫁给了他。他和妻子生了六个儿子，都成了秘书郎。一直过了好几十年，杨林并没有要出去的想法。一天，他忽然如梦方醒，原来自己还站在枕头边呢。他凄怆不已，怅然若失。

玄真子

　　玄真子姓张，名志和，是会稽山阴人。他博学多才，写一手好文章，考中了进士；善于书画，喝三斗酒也不醉。他守本性养真气，躺在雪地上不冷，跳到水里去不被打湿。天下的山水，他全都游览过。鲁国公颜真卿和他是好朋友。颜真卿在湖州担任刺史时，和门客们一起喝酒，就一唱一和地作《渔父词》，头一首就是张志和的词。词是："西塞山边白鹭飞，桃花流水鳜鱼肥。青箬笠，绿蓑衣，斜风细雨不须归。"颜真卿与陆鸿渐、徐士衡、李成矩，一共和了二十五首，互相传诵夸赏。张志和拿出来颜料和剪裁白绢，把《景天》词的词意画出来，不一会儿就画出来五幅。花鸟鱼虫、山水景象，笔法奇绝，今古无比。颜真卿和客人们观看玩赏，赞不绝口。后来颜真卿东游平望驿，张志和喝酒喝到酣畅时，做水上游戏，把座席铺在水面上，独自坐在上面饮笑吟唱。那座席的来去快慢，就像撑船的声音。接着又有云鹤跟随在他的头顶上。颜真卿等在岸上观看的人们，没有不惊异的。不多时，张志和在水上挥手，向颜真卿表示谢意，然后便上升飞去。至今民间还流传着他的画，被视为珍宝。

胡 媚 儿

　　唐代贞元年间，扬州的街道上，忽然间出现一个靠幻术行乞的女艺人，不知道从何处来，她自称姓胡，叫媚儿。她表演的幻术十分怪异。十天之后，观众越来越多，她每天都能获一千万钱。一天早晨，她从怀中掏一个琉璃瓶子，可容半升，表里通明，仿佛中间什么也没有。她把瓶子放在席子上，第一次对观众说："如果有人施舍的钱能够装满这个瓶子，我就知足了。"这个瓶子的嘴刚有芦苇管那般粗细。有人拿出一百钱，向瓶子里投去，只听"当"的一声，钱真的进入瓶中，然而一枚枚却只有米粒大小。观众们都很吃惊。又有人给媚儿一千钱，跟方才一样投进瓶中。结果同前面一样。又有给一万钱的，也是那样。一会儿有几个好事者，你拿十万钱，我拿二十万钱，结果全都是那样。还有骑驴马等钻入瓶子里的，只见那人驴马全都像苍蝇那么大，动作还是原来的样子。这时有两个掌财政的税官，从扬子院率十车轻浮货路过这里，均驻足而视。他们也想同时进入，看看最终能否带着其他东西前往，并说这是官家的东西，用不着怕。他们对胡媚儿说："你能够让这些车辆都进瓶子里去吗？"胡媚儿说："只要允许就可以。"税官说："你可以试验一下。"胡媚儿就微侧瓶口，大吼一声，那些车辆便滚滚向前，相继都进入瓶中。瓶子里就像蚂蚁爬行一般，历历可数。一会儿，便看不见了。这时，只见胡媚儿纵身一跃跳入瓶口。税官大惊，当即抓起那瓶子拍碎，结果什么也没有。从此，便不知道胡媚儿到什么地方去了。一个多月之后，有人在清河北面看见胡媚儿率领着那些车辆，朝东平而去。当时，李师道正在东平的军队中任主将。

薛 怀 义

　　唐代，武后称帝的证圣元年，法师薛怀义建造一座千尺之高的功德堂，在明堂的北面。里面的大佛像就有九百

一七

尺高，鼻子像大船，小指中能够并肩坐下几十个人。正月十五日这天，要在堂前举行露天大斋会。会前，薛怀义派人掘地五丈深，用彩色丝绸画上宫殿台阁，把竹子扎成护圈，作为支柱和顶盖。又造了一个金刚的大佛像，把它从坑中拽上来，骗人说它是从地里冒出来的。接着又用刺出来的牛血画成大佛的头，二百尺长，骗人说这是他用自己膝上的血画的。观看的人们从四面八方涌来，使城内人满为患。男女云集，纷纷进前抛钱，你推我挤。到十六日，把那大佛像挂在天津桥南，设斋祝祷。二更天，功德堂起火了，蔓延到明堂，火焰冲天，照得整个洛阳城如同白昼。功德堂刚建了没有一半，已经七十多尺高。火势又蔓延到金银库，那些金银都化成水在流淌。有的人误入其中，立刻就烧焦了。功德堂化作灰烬，一块木头也没剩下。天亮之后，又设斋会，忽然来了一阵狂风，把那用牛血绘制的大佛像撕成了好几百块。浮休子说："梁武帝出家同泰寺，文武百官倾其所有把他赎了回来。那天夜里电闪雷鸣，天昏地暗，同泰寺虽为佛堂圣殿，顷刻之间便被大水淹没。这种非理之事，难道说都是如来佛的本意吗？"

伍 子 胥

伍子胥屡次规劝吴王，结果把吴王惹火了，赐给他一把属镂剑，让他自杀而死。临终之前，伍子胥告诫他的儿子说："我死之后，把我的脑袋悬挂在南门上，我要亲眼看见越兵的到来。另外，用鱼夷鱼皮裹住我的尸身，投进江中，我要早晚乘潮而来，亲眼看见吴国灭亡。"从这一天开始，自海门山到这里，海潮异常汹涌，比往日高数百尺，一直越过钱塘江入海口的渔场才渐渐变小。那潮头每天早晚两次，其声音如同人之震怒，雷鸣电闪般地涌过去，足有一百多里。当时，有人看见伍子胥乘着白车白马站在潮头之上，所以为他修了一座庙来祭祀他。庐州城的淝河岸上，也有一座子胥庙。每天早晚涨潮时，淝河的水也愤怒地鼓胀起来，一直涌到庙前。那浪头花一二尺高，十余丈宽，一顿饭的工夫才能够平定下来。老百姓说：这是它与钱塘潮相呼应啊！

屈　原

屈原于五月初五投汨罗江而死，楚国人纷纷哀悼他。到了这一天，人们用竹筒装米，扔进水里来祭奠他。东汉建武年间，长沙有个人叫区曲，大白天忽然看见一个士人，自称三闾大夫。他对区曲说："得知你正要来此祭奠一番，很好。但这些年大家所送来的东西，全被蛟龙偷去吃了。今天你如果有什么东西要送的话，可以塞些楝树叶，再用五彩线缠上。这两样东西是蛟龙最害怕的！"区曲照他说的这样去做了。今天，老百姓在五月初五包粽子时，还要包上楝树叶、缠上五彩线，这便是汨罗江的遗风。

马　自　然

马湘，字自然，是杭州盐官人。他家世代是县里的小官吏，只有他喜欢经史，钻研文学，研究道术。他遍游天下，后来回到江南。他曾经在湖州因为喝醉了掉到霅溪里，一天之后才出来，衣服却没湿。他坐在水面上说："刚才我被项羽叫去喝酒，要喝醉的时候才回来。"溪边围观的人像墙一样。他经常喝醉，那样子像疯子一样，走路的人多数都跟着看他。他又时不时地把拳头探进鼻子里，等到把拳头拽出来，鼻子和原来一样。他又指着溪水，让水倒流了一段时间。他指着一棵柳树，让柳树随着溪水流来流去。他指着桥，让桥断了再接上。后来他到常州游览，赶上唐朝宰相马植贬官，遇赦移到常州做刺史。他平常听到过马自然的名声，就邀请他相见。马植迎接他的礼仪很不平常。马植道："我有幸和你同姓，想和你结为兄弟，希望向你学习道术，可以吗？"马自然说："相公希望学会什么？"马植说："我想要驾风飞行。"马自然说："你要想驾风，我和你就风马牛不相及了。只要互相了解，不是同姓也一样。"意思是说和马植是风马牛不相及。马植把马自然留在郡守的书房中让他住下，对他更敬重了。有一次吃饭的时候，马植就请他展示道术，他就在座席上，用瓷器装上土种瓜。不一会儿，瓜就长出蔓来，开花结果。把这瓜拿给大家吃，大家都说味道香美，和平常的瓜不一样。他又在全身和袜子上摸钱，摸出来的钱不知有多少。往地上一扔，全是青铜钱。他把这些钱扔到井里，一声呼唤，钱就一枚一枚地飞出来。有的人捡到那钱，不大一会儿又失去了。另外，马植说这城里老鼠特别多，马自然就写了一道符，让人贴在南墙下，用筷子敲着盘子大叫，老鼠就一群一群地走来，走到符下趴伏在那里。马自然就呼叫老鼠。有一只大的走近台阶前面，马自然说："你们是毛虫一类的小动物，天给你们粮食吃，怎么能穿墙打洞，昼夜打扰马相公呢？暂且以慈悲为怀，不想全杀掉你们，你们应该立即一起离开这里！"大老鼠就退了回去。群鼠都走上前来，好像来叩拜

太平广记

谢罪。于是,不计其数的老鼠站成队出东门而去。从此以后,城里再没有老鼠了。后来马自然到越州游览,经过洞岩禅院,看见三百名和尚正在吃饭。马自然和婺州永康县牧马岩道士王知微,以及王知微的弟子王延叟一块儿来的。和尚们见了马自然,傲慢不敬地单腿跪在那里吃饭,没有一个相让的,给马自然饭吃。马自然不吃,他催促王知微和王延叟快吃完离开。这时候和尚们还没有吃完。他就走出门来,又催促王知微和王延叟快走。三人来到诸暨县南的客栈,大约离开禅院已经七十多里。深夜,听到有人找道士的声音,主人急忙答应:"这里有三个道士。"外面的人很高兴,向主人请求,要见一见三位道士。等到进屋一看,原来是两个和尚。两个和尚只顾礼拜哀告说:"禅院的和尚不认识道士,昨天没有好好迎接,以致遭到了谴责,三百个和尚到现在还下不了床。我们两个是主事,当时没有同他们坐在一起吃饭,所以能来。"两个和尚坚决请求把那些和尚放了,马自然只睡觉不回答。王知微、王延叟只是笑。和尚更加哀求。马自然说:"以后不要有轻慢待人的念头。你二人回去,一进门那些和尚就能下地了。"两个和尚回去,果然像马自然说的那样。马自然第二天又往南走,当时正是春天,看到一家有好菘菜,他向人家要,人家没给他,还对他说了一些不好听的话。马自然就让王延叟取来纸笔。王知微就说:"跟人家要菜人家不给,实在没有责备人家的道理。况且咱们身处道门,哪能用这样的办法!"马自然笑着说:"我不是要责备他们,开个小玩笑罢了。"于是王延叟交给他纸笔,他画了一只白鹭,用水一喷,白鹭就飞进菜畦里啄菜。菜园主人把白鹭赶跑,它又多次飞回来。马自然又画了一只小狗,小狗跑着追赶捉拿那白鹭,共同践踏那些菜，一时间全都践踏碎了才停止。那菜主见道士们嬉笑，又是曾经来要过菜的，担心他们还有别的道术，就走过来哀求。马自然说："不是要菜，故意开玩笑罢了。"于是他就呼叫那白鹭和小狗。白鹭和小狗都投入他的怀中。再看那菜，完全和原来一样，一点也没有损坏。后来他们又向南游历霍桐山，走进长溪县界内，夜里到旅店里投宿。房间少，旅客多，店主人开玩笑说没地方住了，如果道士能在墙上睡，就可以容纳。天已迫近日暮，王知微、王延叟急于住宿，马自然说："只要你们能住下就行。"而马自然跳到梁上去，把一只脚挂在梁上，倒挂着睡。恰巧店主人夜里起来，用烛火照见了他。店主人非常惊奇。马自然说："在梁上我都能睡，在墙上睡又有什么难的！"说着，他走进墙壁里，半天不出来。店主人立即下拜道歉，把王知微和王延叟请进来，安置在安静干净的地方睡下。等到天亮，店主人舍不得离开他们。马自然忽然不知哪儿去了，王知微、王延叟往前走了几里寻找，发现他已经等在路边了。他们从霍桐山回到永康县东天宝观住下。观中有一棵大枯松，马自然指着枯松说："这棵松已经三千多年，很快就要变成石头。"后来，这棵松树果然变成石头。忽然来了一阵大风和雷电，把石头震倒在山侧，摔成几截。赶上阳发从广州节度使改任婺州，阳发很好奇，就运回郡守府第里两截，还有两截弄到了龙头寺的九松院，各个都有六七尺高，直径三尺多。那石头像松树皮那样布有鳞皴，至今还在那里。有的病人来求马自然治病，马自然没有药，只用竹拐杖击打痛处。对于腹内和身上的各种病，马自然用竹子拐杖指着，用口吹拐杖的一头，拐杖发出雷鸣般的响声，病便治好了。有患腰脚驼曲的，拄着拐杖来求他，他也是用竹拐杖击打。然后，让人家放下拐杖，当时便把腰腿伸展开来。时常有人送财物给马自然，他总是推让，不肯接受。如果硬给他，他就把这些财物再散发给穷人。他所游历过的地方，或者是官观，或者是岩洞，他题了许多诗句。他的《登杭州秦望山诗》说："太乙初分何处寻，空留历数变人心。九天日月移朝暮，万里山川换古今。风动水光吞远峤，雨添岚气没高林。秦皇谩作驱山计，沧海茫茫转更深。"后来马自然又回故乡探望他的哥哥，恰巧哥哥出门不在家，嫂子和侄儿见他回来很高兴。他说："我和哥哥共有这个宅院，我回来是要把我的想法说明白，我只喜欢东园而已。"嫂子奇怪地说："你离家这么久，回来还没见到你哥的面，怎么就说分家的事？你哥哥是一定不会忍心这样做的。"他在家住了三天，嫂子和侄儿都对他只喝酒不吃饭感到惊讶。等哥哥不回来，到了晚上他就突然死了。第二天，哥哥回来了，问他是怎么死的，嫂子便详细地告诉了哥哥。哥哥又感动又悲痛，就说："弟弟学道多年，回来不是要分宅子，是回来假托死在我面前，来断绝我对他的思念罢了！"于是就把马自然的尸体装进棺材。那天晚上，棺材訇然有声，全家人都感到惊异，就连夜在园中挖了墓穴把他埋葬了。当时是大中十年（856）。第二年，东川向皇帝奏报说，剑州梓桐县道士马自然，大白天上升成仙。马自然在东川对人说："我是盐官人。"皇上下令让浙西道的杭州府调查这件事情。杭州府派人挖开马自然的坟墓，打开棺材一看，棺材里竟然只有一根竹枝而已。

杨国忠

　　唐天宝年中，杨国忠权势熏天，朝中没人和他相比。有个妇人到杨宅请见杨国忠。门人拦住她。妇人大叫说："我有大事，要见杨公。你为什么阻拦我？若阻拦我，我就燃起大火，烧掉杨公的住宅。"门人害怕，告诉了杨国忠。杨国忠会见了她。妇人对杨国忠说："你是相国，不知否泰之道吗？你位极人臣，又联上了皇亲国戚，名震宇内，已经很久了。奢侈放纵不加节制，道德仁义不加修养，而堵塞纳贤的道路，谄媚皇上，也已经很久了。一点不能效仿前朝房（房玄龄）、杜（杜如晦）的踪迹，不以国家大事为重，贤和愚不能区别，只从门中收受贿赂，封官晋爵。有才德的人被杀害在林泉，不止一次。因为有恩惠就交给兵权，因为喜爱就让他役使百姓。　想要国家安定，想要保住你的家族，一定不能这样了！"杨国忠大怒，问妇人说："你从哪儿来？为什么冒犯宰相？不怕死罪吗？"妇人说："你自己不知死，反过来判我死罪。"国忠大怒，命令卫兵杀她，妇人忽然不见了。国忠惊讶不已，妇人又站在他面前。国忠问道："你是何方妖怪？"妇人说："我实在不忍心看到高祖、太宗的江山被一个匹夫葬送。你不懂怎样当宰相，虽然处在辅佐的位子上，却没有辅佐的功劳。你死是小事，可悲的是，国朝从此衰弱，几乎不能保住宗庙。胡讨厌你。我来告诉你胡要闹事了。现在我退回去，是胡的功劳。你因胡而死，老百姓也因胡而哭。"说完笑着走了。杨国忠让人追她，没见着。后来安禄山起兵，才知道"胡"字的意思。

韦自东

　　唐代德宗贞元年间，有一个性格刚毅讲究义气的人，名叫韦自东。他曾游历太白山，住在段将军的庄园里，段将军也素来知道韦自东的为人。有一天，段和韦眺望远山，见有一条小路，好像有人走过。韦自东问段将军这条小路通往什么地方，段将军说："从前有两个和尚住在这个山顶，山上有一座庙，庙里的殿宇很宏伟，附近的山林泉水也很好。这庙是唐开元年间万回大师的弟子建造的，真是鬼斧神工，不是几人所能建得了的。据打柴的人说，那两个和尚后来被怪物吃掉，已经有两三年不见和尚的踪影了。又有人说，有两个夜叉住在山上，所以谁也不敢到山上去了。"韦自东一听非常生气地说："我向来就愿干铲除强暴、抱打不平的事，夜叉是什么东西，竟敢吃人？你等着，今天晚上我一定把夜叉的头砍来扔在你的门外！"段将军拦阻说："空手斗虎、徒步过河都是鲁莽人干的事，冒险丧命，难道你不后悔吗？"韦自东表示死而无悔，整好衣服手持宝剑势不可当地直奔山上而去。段将军暗想："韦生是自讨苦吃。"韦自东攀着山上的藤萝，脚蹬着石缝上了山。进入寺庙中，不见一个人影，又见两个和尚的住处大敞着门，鞋子和传经用的锡杖都在，床上也有被褥枕头，但上面蒙着很厚的尘土。又见佛堂里长满了小草，草上有大兽睡卧的痕迹。佛堂的墙上挂了很多野猪、黑熊之类，也有些是烧熟吃剩的肉，还有锅灶和柴火。韦自东才知道砍柴人说有怪物的话是对的，心想夜叉还没回来，就拔了一棵碗口粗的柏树，去掉枝叶做成一根大棍，把大门闩好，又用一个石佛堵在门口。这天夜里，月明如昼，半夜时那夜叉扛着一只鹿回来，

太平广记

一二五

见门锁着就发怒地吼叫起来，用头撞门，并撞断了石佛跌倒在地上。韦自东乘机抡起大棍朝夜叉头上打下去，打了两棍就打死了，然后把死夜叉拖进佛堂，又把门关上。不一会儿，另一个夜叉也回来了，好像为前面回来的夜叉不迎接他而恼怒，也大声吼叫起来，用头撞门，摔倒在门槛上，韦自东又用棍子猛打，也打死了。自东看雌雄两只夜叉都死了，估计不会再有夜叉的同类，就关上门煮鹿肉吃。天亮后，他割下两只夜叉的头，拿着吃剩的鹿肉回来给段将军看。段将军大惊，说："你真比得上传说中除掉三害的那位英雄周处了！"然后就煮了鹿肉一起喝酒尽欢，远近来了很多人围观死夜叉的头。这时人群中走出一个道士，向韦自东施礼说："贫道有件心事想向您倾诉一下，不知行不行。"韦自东说："我一生专门救人急难，你尽管说。"道士道："我一直诚心修道，并专心炼制仙丹灵药。两三年前，一位神仙为我配了一炉龙虎金丹，我在山洞里全力以赴地炼这炉灵药，眼看就要炼成，没想到妖魔几次来我洞中捣乱，砸我的丹炉，药丹也差点报废。我希望找一位勇武刚烈的人拿着刀剑保护我，如果我的仙丹能炼成，我会分给他的。不知你能不能随我去呢？"自东兴高采烈地说："这是我平生最大的愿望了！"然后就带着宝剑跟道士走了。他们走了很多险路，来到太白山的高峰，峰的半腰有一个石洞，进洞百余步就是道士炼丹的屋子，只有一个弟子在里面。道士对韦自东说："明天早晨五更时分，请你手持宝剑站在洞口，如果看见有怪物，你就用剑砍杀它。"自东说："我记住了。"自东在洞口点了一支蜡，躲在一旁等着，不一会儿，果然有条几丈长的大蛇，金目白牙，裹着浓重的毒雾来到洞口。将要进洞时，自东挥剑猛砍，好像砍中了蛇头，大蛇化成一股轻雾而去。大约一顿饭的工夫，洞口又来了一个美貌妇人，手里拿着一束荷花慢慢走来，自东又砍了一剑，那女子化成一片云又消失了。又过了一阵儿，天要亮了，只见一个道士骑着仙鹤驾着云，带着很多侍从自空中而来，对自东说："妖魔已经除尽，我弟子炼的丹就要成功了，我特地来验一验他的丹炼成没炼成。"骑鹤的道士在空中游来游去，一直到天亮后进到洞中，对自东说："我弟子的丹炼成了，我很高兴，我现在作一首诗，希望你也和一首。"说着就念了四句诗："三秋稽颡叩真灵，龙虎交时金液成。绛雪既凝身可度，蓬壶顶上彩云生。"韦自东听骑鹤道士念完诗，心想他一定是炼丹道士的师父，就收起宝剑向他行礼。那道士却突然冲进洞里，接着就听见炼丹炉轰隆一声爆炸，炼丹道士失声痛哭。韦自东这才知道上了当，骑鹤道士也是妖怪变的，心中非常悔恨惭愧。自东和道士用泉水洗净了炼丹的锅鼎，喝了些泉水就下山了。从此以后，自东面容更显得年轻了。后来韦自东去了南岳衡山，谁也不知道他在什么地方。到现在，段将军的庄园里还有那两只夜叉的头骨，道士却不知道去了哪里。

庞 阿

　　钜鹿县有个叫庞阿的，长得英俊潇洒。同郡石氏家有个女儿，曾偷偷看见过庞阿，暗暗爱上了他。不久，石氏女突然来看庞阿，庞阿的妻子非常嫉妒，命婢女把石氏女捆了起来送回石家。半路上，石氏女突然化成一股烟消失了。婢女就直接找到石家报告这件事。石氏的父亲听后大吃一惊说："我的女儿根本就没出去过，你们为什么这样诽谤她？"庞阿的妻子从此特别注意观察庞阿的居室。这天晚上，庞妻发现石氏女又来到庞阿的屋里，就又把石氏女绑起来送回石家。石氏女的父亲看见后，更加惊愕地说："我刚从后屋来，明明看见我女儿和她母亲在一起坐着，怎么能被你们绑到这里来了呢？"说完就让仆人到内室把女儿叫出来，这时，被绑的那个女子顿时消失了。石氏女的父亲认为这里一定有鬼。就让妻子问女儿到底是怎么回事。石氏女说："当年庞阿到咱家来时，我曾偷偷看见过他。后来我有一次做梦，梦见到庞阿家去，刚一进门，就被庞阿的妻子捆了起来。"石氏父亲说："天下竟有这样的怪事！"原来人的精神和感情太执着时，神灵就会离开身体，当初庞阿妻子捆起的石氏女，其实是她的灵魂。后来石氏女发誓不嫁人。过了一年，庞阿的妻子忽然得了邪病，吃什么药都无用，终于死了。庞阿就送了财礼娶了石氏女。

金 友 章

　　金友章，河内人，隐居在蒲州中条山，共五年。山中有一位女子，容貌非常美丽，常带着罐子到溪边打水。金友章在屋里远远望见那女子，心里很喜欢她。一日，女子又到溪边打水，金友章说："谁家的美人打水这么勤！"女子笑着："涧下的流水，本没有主人，需要就来取，哪有什么一定之限！你以前也不认识我，多么冒失！我就住在附近，从小失去父母，现在暂且托身住在姨母家里，受尽了艰难，自己没有嫁人。"金友章说："娘子既然没有嫁人，我正在谋求婚姻，和你婚配是我的凤愿，你不应该远嫁，不远嫁可以吗？"女子说："您既然不嫌我长得丑，我哪敢拒绝？但是要等到夜晚，我才能来成全好事。"说完，女子汲水离去。这天晚上，她果然来了。金友章把她迎到屋里。夫妻之道，时间越久越互相尊敬。金友章每夜读书，常读到半夜。妻总是伴着他。如此半年了。一天晚上，金友章照常捧卷阅读，而妻不坐下，只伫立在那里侍候他。金友章问她怎么了，她说的是别的事。金友章就让她睡觉。妻说："你今晚回房的时候，千万不要拿蜡烛，这就是我的万幸了。"后来金友章拿着蜡烛回屋上床，见他的妻子原来是一具枯骨。金友章慨惜嗟叹了好长时间，又用被盖上了。不一会儿，就恢复了本形，于是她特别害怕，对金友章说："我不是人，是山南的一个枯骨精，住在这山北面。有个叫恒明王的，是鬼的首领，平常每月要朝见一次。我自从嫁给你，半年都没到他那里去了，刚才被鬼捉去打我一百铁棍。我受这样的毒打，非常痛苦。刚才没有变成人形，哪想到让你看到了！事情已经明白了，你应该马上出去，更不要留恋。这山里边，大凡所有东西，总有精魅附其身，恐怕对你有害。"说完，她哭泣呜咽，于是就不见了。金友章也凄楚地含恨离开那里。

许 宣 平

　　许宣平是新安歙县人。唐睿宗景云年间，他隐居在城阳山的南坞，盖了一所小草房居住。人们不知他服食什么，只知他不吃饭。他的脸色像四十来岁的人，走起路来像奔跑的马。他有时候担着柴到城里来卖，柴担上常常挂着一只花葫芦和一根弯曲的竹杖，常常醉后腾腾地拄着竹杖回山，独自吟唱道："负薪朝出卖，沽酒日西归。路人莫问归何处，穿入白云行翠微。"三十多年来，有时候他把人从危难中拯救出来，有时候他把人从疾病中救治出来，很多城里人都去拜访他，并不能见到他，只见到他住的小草房的墙壁上题诗说："隐居三十载，石室南山巅。静夜玩明月，明朝饮碧泉。樵人歌垅上，谷鸟戏岩前。乐矣不知老，都忘甲子年。"许多好事者都诵读他的诗，使他的诗在长安盛行一时。在官道上从洛阳到同华之间的传舍里，到处题着他的诗。天宝年间，李白从翰林院出来，向东游历路过传舍，看了他的诗，吟咏之后，感叹地说："这是神仙的诗啊！"于是李白就向别人打听这是谁写的诗，知道了许宣平的情况。于是李白就到新安游历，越岭翻山，多次求访也没有找到许宣平，就在他的小草房的墙壁上题诗道："我吟传舍诗，来访真人居。烟岭迷高迹，云林隔太虚。窥庭但萧索，倚柱空踌躇。应化辽天鹤，归当千岁余。"这年冬天，野火烧了这所小草房。不知道许宣平的行踪。一百多年以后，咸通七年(866)，郡中人许明奴家有一位老妇人，曾经结伴进山打柴，独自在南山中见到一个人坐在石头上，正在吃桃，桃子很大。那人问老妇人说："你是许明奴家的人吧？我是许明奴的祖先许宣平。"老妇人说，我曾经听说你已经成仙了，他说："你回去，替我对许明奴说，我在这山里头。我给你一个桃吃，不能拿出去。这山里虎狼很多，山神很珍惜这桃子。"老妇人就把桃子吃了。味道很美，不一会儿就吃光了。许宣平打发老妇人和打柴的人们一起回家说了此事。许明奴家族的人非常惊异，全郡的人都传闻此事。后来老妇人就不爱吃饭，一天天变得年轻，比平常轻捷健壮。中和年以后，连连发生兵乱，百姓不安。许明奴搬家避难，老妇人进山就不再回来。现在有人进山打柴，有见到那位老妇人的。她身穿藤叶，行走如飞。追赶她，她就升到林木之上离去。

无足妇人

晋少主的时候，有一位妇人，容貌端庄，衣服华丽，不比美人差。但是她没有腿和脚，腰带以下，像截的那么齐，其余的都齐全。她父亲单独用一辆车载着她，从邺南游浚都，在市上要饭，每天都聚集上千人。至于深街曲巷、豪门大家，她没有不去的地方。时人慨叹她的怪异，都投掷钱物施舍于她。后来京城抓获一个北戎的间谍，官府一查，原来这妇人是奸人的领袖。她弄到的情报很多，于是官府就杀了她。

虢国夫人

长安有一个穷和尚，衣服非常破旧，他到处卖一只小猴。这只小猴理解人语，可以驱使它做事。虢国夫人听说了，急忙让和尚到宅院里来。和尚到了之后，夫人见了猴子，就问这猴子的来由。和尚说："贫僧本来住在西蜀，在山中住了二十多年。偶然有一次一群猿猴路过，丢下了这小猿猴。我怜悯它，就把它收养了，才半年。这小猿明白人的意思，又会人的语言，实在和一名弟子没什么两样。贫僧昨天才到城里来，很缺钱，没有办法保住这小猿了，所以就在市上卖它。"夫人说："现在我给你成捆的丝帛，可以把小猿留下，我会喂养它的。"和尚就感谢，留下小猿离开了。那小猿从早到晚在夫人左右，夫人非常喜欢它。半年后，杨贵妃赠送给虢国夫人一株灵芝草，夫人喊小猿让它观看玩耍。小猿在夫人面前倒在地上，变成了一个小男孩。小男孩的容貌端庄秀美，年龄有十四五岁。夫人很奇怪，呵斥他，问他。小男孩说："我本姓袁。卖我的那个和尚以前在蜀山中。我偶然跟着父亲进山采药，在林中住了三年，我父亲常把一些药草给我吃。忽然有一天，自己不觉变身成了猿猴。我父亲害怕了，把我扔了，所以被那和尚收养，然后到了夫人的宅院里来。虽然我以前口不能说话，我心中的事一点不忘。自从受到夫人的恩育，很想和夫人说说心里话，只恨自己不能说话。每到了深夜，只能自己哭泣。今天没想到竟然变成人身，就不知夫人尊意如何了。"夫人认为奇怪，就命人拿来衣服给他穿，侍从随后。夫人一直保密，不说出去。又过了三年，小男孩容貌特别好看，杨贵妃曾经屡次注视他。夫人怕他被人夺走，就不让他出来，另安排住在一个小屋里。小男孩只嗜好药物，夫人让侍婢经常供给他药食。忽然有一天，小男孩和这个侍婢都变成猿猴。夫人感到怪异，让人射杀它们，那小男孩原来是个木头人。

波斯王女

中亚的吐火罗国缚底野城，是古代波斯王乌瑟多习建筑成的。波斯王刚建此城时，马上就倒塌了。波斯王叹息道："我现在无道，上天不让我筑成此城啊！"他有个小女儿名字叫那息，见父亲忧伤烦恼，那息便问道："父王有邻敌吗？"波斯王说："我是波斯国王，统领一千多个国家。今天来到了吐火罗国中，要建筑此城，以流传万代。然而一点也不顺心，我因此十分忧愁。"女儿道："望父王不要担忧，明天早晨命令工匠按我走的足迹筑墙，就修成了。"波斯王觉得奇怪。第二天，女儿从西北角起步，自己切断右手的小指，滴血成迹，工匠们沿着血迹筑墙，城墙就不再坏了。女儿随即变为海神，那海至今还在城堡下面，水澄清如镜。

崔 涵

后魏的菩提寺，是西域人修建的，这座寺建在慕义。一个叫达多的和尚挖坟取砖，结果挖出一个活人，并且把他送到华林园。当时太后和孝明帝在华林堂，认为这是妖异，对黄门郎官徐纥说："从上古以来，常有这种事吗？"徐纥说："从前魏国时挖坟挖出霍光女婿范明友的一个家奴，他能说出汉朝兴废的历史，所以说此类事不足为奇。"太后让徐纥问那个人的姓名、死了几年、都吃些什么，那人回答说："我姓崔，名涵，字子洪，博陵安平人氏。父亲叫崔畅，母亲姓魏，家住城西阜财里。我死时十五岁，现在二十七岁。在地下活了十二年，常常像喝醉酒一样躺着，不吃什么食物。有时还游走，也许能遇到些吃的喝的，就像做梦一样，印象比较模糊。"后来，徐纥就派遣门下录事张俊到西阜财里调查，寻找崔涵的父母，果然有个叫崔畅的，他的妻子姓魏。张俊问崔畅说："你有个儿子死了吗？"崔畅说："我有个儿子叫崔涵，十五岁那年就死了。"张俊说："他被人挖了出来，已经起死回生了。如今他在华林园，主上派我来了解一下。"崔畅闻言十分害怕，说："实际上，我没有这个儿子，刚才是瞎说的。"张俊把实情告诉了他，后来又把崔涵遣送回家。崔畅听说儿子到了，就在门前点起火，拿着刀，魏氏手持桃木拐杖前来拦阻。崔畅说："你不要进来，我不是你父亲，你也不是我儿子。快点走吧，免得遭灾！"崔涵就只好离家而去，到京城漫游，常常睡在寺院的门下。汝南王得知此事，赏赐给他一套黄衣。崔涵生性害怕见太阳，不敢仰视天空，还畏惧水火和刀刃之类。他经常在路上匆匆行进，累了就休息，不会慢慢地走。当时人们还说他是鬼。洛阳大市北边有个奉终里，那里有不少卖殡葬用品和各类棺椁的。崔涵对他们说："柏木棺材千万不要用桑木做堵头。"人家问其缘故，他说："我在地下，一次征鬼兵的时候，有个鬼就说，用柏木棺材者可以免征。有位小吏说：'你虽然用的是柏木棺材，却用桑木做堵头，所以就不能免征。'"京城里听到这个传说，柏木的价格一下子就提了上去。有人怀疑卖棺材的人向崔涵行贿，所以他才说出这种话。

鬼谷先生

鬼谷先生，是战国晋平公在位时候的人，因为隐居在鬼谷山中，就用鬼谷做了他的名号。鬼谷先生原名叫王利，曾住在清溪山里。战国时的苏秦、张仪，曾向鬼谷先生学习"合纵连横"的策略。他俩打算去游说各国的诸侯，用狡诈和斗智互相倾轧争夺，而不是用道家的德化去感化诸侯，消除征战和纷争。这是因为道家的理论是非常深奥玄妙的，一般的平庸浅薄之辈是不可能得到道家真传的。鬼谷先生因为他尊崇的道学越来越不被人理解接受，所以感到十分悲痛，曾经对着苏秦、张仪多次流泪，但苏秦、张仪始终不开窍。后来他俩学成离开，先生脱下一只鞋变成了一只狗，这狗带着苏、张二人向北走，当天就到了秦国。鬼谷先生专心致志地修道，为人朴实无华，从不锋芒外露。在世间活了好几百年，后来不知去了哪里。秦始皇在位时，西域的大宛国有很多含冤而死的人横卧在野外道旁。有一种鸟衔来了一种草，盖在死人脸上，死人就复活了。官府把这事报告给秦始皇，秦始皇就派人带着那种草去请教鬼谷先生。先生说："大海之中有十座仙洲，它们是祖洲、瀛洲、玄洲、炎洲、长洲、元洲、流洲、光生洲、凤麟洲、聚窟洲，这种草是祖洲的不死草。生长在琼玉的田地里，也叫养神芝。这种草的叶子像菰米茭白，只单独生长，不是一丛丛地生长。一株不死草，就可以救活上千的人。"

孙　钟

　　孙钟家住富春，幼年丧父，他对母亲非常好。灾荒年头，他以种瓜为生。一天，忽然有三个少年到孙钟瓜地跟他要瓜吃，孙钟很热情地招待他们。三人对孙钟说："这山下地势非常好，人死后葬在这里，后代能够做皇帝。你下山走一百多步，回头看到我们离去时的那块地方，就是可以埋葬的地点。"孙钟走了三四十步便回头观看，看到三个少年变成白鹤飞走了，于是记住了那个地方，孙钟死后就葬在那里。那地方在县城的东面，坟墓上常有一些光环如五光十色的云气，直冲云天。到孙坚的母亲怀孙坚时，做梦梦到手臂出来了，环绕吴国的阊门。她把这个梦告诉了邻居老太太，老太太说："怎么知道不是吉祥的预兆呢！"

番禺村女

　　庚申年，番禺村里有个老妇人，与她女儿一起去田里送饭，突然云雨到来，天色昏暗。等雨过天晴时，她女儿不见了。老人家连哭带喊四处寻访，邻居们也都帮她寻找，结果没有找到。一个多月后，又来了云雨，白天变得非常昏暗。等到雨过天晴，妇人发现院子里摆放着宴席，有鹿肉、干鱼、水果、酒之类，十分丰盛。她女儿身穿盛装走了过来，老人家又惊又喜上去抱住了她。女儿自己说被雷师娶为妻子，她被领到一所石头屋里，亲属特别多，那里的婚礼与人间的完全相同。现在回家与家人见见面，往后就不能再回来了。老人问道："雷郎可以见见吗？"女儿答道："不可。"在家住了几宿后，一天晚上又来了风雨，天色非常昏暗，女儿便再也看不到了。

狄 惟 谦

　　唐武宗会昌年间，北都晋阳县令狄惟谦，是狄仁杰的后代，为官清廉，忠于职守，不畏强暴。所辖境内，从春到夏，烈日炎炎，出现了旱灾，数百里农田的庄稼全部干枯坏死，人们到晋祠里求雨又毫无反应。当时有个郭天师，就是并州的一个女巫。她自小攻习符箓之术，经常用符咒制胜。监军便把她带到京城。由于她结识宫中的权贵，时时出没于皇宫，便被人赐了"天师"的称号。不久又回到了并州老家。众人都说："如能请天师来一趟晋祠，那就不愁下雨了！"狄惟谦请求北都府主帅出面去请郭天师，主帅开始很为难；惟谦又一再诚恳请求，主帅便亲自前去迎接。女巫连声应诺，便准备车马，由惟谦亲自为她驾马。接到晋祠后，人们隆重地摆设祭礼用的供品与帐幔等物，惟谦等人则在院子里弯腰致敬，恭恭敬敬地侍候。第二天，女巫对惟谦说："我为你飞一道符到天上去请雨，现已接到天帝的旨意，你们必须心意至诚。三天之后就会降雨。"于是，四面八方的士官与百姓都聚集到这里。三天期满了，毫无降雨的迹象。女巫又说："因阴阳之气不知而产生的灾害，实因县令无德所致。我再一次为你禀告天帝，七天之后应当有雨。"惟谦感到内疚，对她更加恭谨。七天之后，竟然还是没有生效。女巫便突然要回并州。惟谦再三挽留道："天师既然为了万民百姓已经来到这里，那就再次求您尽心尽力祈雨。"女巫勃然大怒，骂道："好一个平庸无知的官人，根本不知道上天的意思。上天不肯下雨，还要留我在此干什么？"惟谦拜谢道："并非还要麻烦天师，只是要您等明天，以便为您饯行而已。"于是，惟谦在当晚就告诫手下人道："我为女巫所羞辱，怎能再提当官的事呢？明天早上我所有安排，你们都必须服从。是对是错，是好是坏，由我自己承担。"等到天亮门还没打开时，郭天师已把回并州的马备好了，而狄惟谦却酒饭菜肴一样也没给她送来。郭天师便坐在堂屋里大肆呵斥责备。惟谦便说："好一个邪道女巫！你妖言惑众多日，理当死在今天，怎么敢说要回去！"他喝令手下人在神像前抽打女巫后背二十鞭子，然后扔到河流中。祠庙后面有座山，有十丈高。他即刻令人设供烧香，又将跟随他的吏卒全部打发回家，自己穿上官服手持笏板站立在山上。于是全城人为之震惊，都说县令用棍子打死了天师，奔走相告，纷纷来看，围观群众挤到一起像一堵大墙。此时砂石飞滚，大风呼啸，一片乌云突然升起，大小犹如车篷。这片乌云先遮在惟谦独立的上方，四面的云彩又汇合到一起。几声雷响之后，渴望已久的雨便倾倒下来，原野到处大水涌流。几千名官绅百姓从山上簇拥着惟谦走了下来。州府将领因为惟谦杀死女巫，开始也很恼怒，后来为他的精诚所感动，又大加赞赏，就将这件事上表给朝廷。皇帝颁布诏书褒奖道："狄惟廉是治理县邑的良才，忠臣贵族的后代。眼见如此严重的天灾即将残害百姓，理当去晋祠祈祷求雨；他又效法西门豹在邺县投巫于水中之举，将女巫投在河里。他站在山顶忍受烈日之曝晒，这事等于火中焚身；这种举动唤来了天边的浮云为之降雨，就像商汤剪爪求雨而感动上天一样。于是，致使干旱的热风潜踪平息，润泽万物的甘霖顿时流下。苍天犹能体察他的精诚，我怎能忘记褒奖他的善举。特发大红官服，以增添其铜质官印的光彩。不许革除其县令的名分，更要表彰其非凡的业绩。"于是赐给他五十万钱。

孙　登

　　孙登，不知道是什么地方人，常常住在山中的地洞里，弹琴、读《易经》。他冬夏都穿单衣，寒冬腊月，人们见他头发长得一丈多长披盖在身上御寒。孙登的面容非常年轻，几代人看见他都没有衰老的迹象。他常到街上乞讨，得到的东西转手就给了穷人，自己一点也不要，人们也从来看不到孙登吃饭。当时当太傅的杨骏把孙登请去，问他什么他都不回答。杨骏赠给孙登一件布袍子，孙登就要了，但一出门，孙登就向人借了把刀，把袍子割成两半，扔到杨骏的门前，然后又把袍子用刀剁碎了。当时人们都说孙登是疯子，然而后来杨骏犯罪被斩首，大家才明白孙登剁碎杨骏的袍子是一种预示。当时孙登剁碎了杨骏送他的袍子后，杨骏一怒之下把孙登抓了起来，孙登就突然死了。杨骏做了一口棺木，把孙登埋在振桥。几天后，人们却在董马坡看见了孙登，就捎信给洛川的朋友。嵇康有修道的志向，曾向孙登请教，孙登不理他。嵇康就提出一些问题，故意诘难他，但孙登竟不在乎地自己弹琴。过了很久，嵇康只好走了。孙登说："嵇康这人年轻有才，但见识太少，不善于保护自身。"过了不久，嵇康果然犯了罪被斩首。嵇康很善于弹琴，孙登却能弹一根弦的琴，而且也能弹成完整的乐曲。嵇康对孙登的琴技感叹佩服，觉得用一根弦弹出乐曲简直是不可思议。

陈 济 妻

　　陈济是庐陵巴丘人，做州吏。其妻秦氏在家时，一个长得高大端正、穿色彩耀眼大红浅绿两色袍子的男人来追求她。他俩经常在一个山涧中相会，持续了一年。村里的人看见她走到哪里，哪里就有彩虹出现。秦氏来到水边，那男人有一个金瓶，取来水一起喝，以后就有了身孕。生的小孩像人一样，长得挺胖。后来陈济回家，秦氏害怕让他看见，就把小孩藏在室内盆中。那个男人说："这孩子太小，怎么跟我去呢？"亲自给他穿上衣服，装进一个大红色的口袋中。秦氏给他喂奶时，总是要起风雨，邻人就看见有彩虹下到他家院子里。过了不长时间，那男人又来，把小孩带走，有人看见有两道彩虹从他家出来。孩子数年以后回来探望母亲。以后秦氏到田地里去，见两道彩虹在山涧，很害怕。不一会儿，看见那男人，他说："是我，没有什么可怕的！"从此以后就断绝了来往。

石 鸡 山

晋朝永嘉之乱时期，宜阳有个女子叫彭娥。她的父母兄弟都被长沙贼抓走了。这时彭娥正背着容器到溪边取水，回来时看见土堡的墙壁已经破损，感到一阵几乎不能承受的悲哀。她便与贼人格斗，后来被贼人绑住，赶她到溪边。前面有大山石壁，在那里贼人将要杀她的时候，彭娥仰面大呼："皇天，山神灵验吗？我有什么罪？"于是向大山石壁冲去，大山马上就分开了，中间宽有数丈，路平得像磨刀石，群贼也追赶彭娥进了山路，山马上又崩合到一起，竟然与原来一样。群贼都压死在山里，只有头露在外面。彭娥则隐蔽在里面不再出来。她所丢弃的装水容器变成了石头，形状像一只鸡，当地人因此把这座山叫石鸡山，把溪叫作娥潭。

石 桥

赵州石桥非常精巧，石头之间的接缝非常均匀细致，像用刀削过的样子。从远处看它，石桥就像月初出云的弯月，汲饮涧水的长虹。石桥上面有栏杆，都是石头的。栏杆上雕刻着石狮子。唐龙朔年间，高丽国侦探消息的人盗走了两个石狮子。后来又招工匠修建石狮子，却不能与原来的相似。到了武则天皇后称帝的大足年间，高丽国默啜（突厥将领）攻克赵州定州，贼人想过桥南进。到了石桥，马跪在地上不往前走，只见一条青龙趴伏在桥上，看见贼人，精神振奋，行动迅速，并且愤怒以待，贼人于是悄悄地逃走了。

永兴坊百姓

　　唐朝开成末年，永兴坊百姓王乙挖井。已经超过正常井一丈多深了，还没水。忽然听见所挖的井下有人说话像鸡叫的声音，特别嘈杂，就像在隔壁。挖井的工匠害怕，不敢再向下挖。街司（街道部门）申报给韦处仁将军，将军认为此事怪异，没有上奏，急忙令人将井填塞。据《周秦故事》中说，有个谒官在阁楼上得到骊山上报的奏章，说李斯带领被罚劳役的七十二万人在骊山修建陵墓。秦始皇三十七年，因遇到了地下的井泉，李斯上奏说：已经开凿到地下最深处，凿不进去，也烧不着火，敲打地下却什么也没有，就好像下边有天。或许在深厚的土地下面，又别有天地。

嵇　康

　　嵇康（晋朝"竹林七贤"之一，做过"中散大夫"，故原文中称他为"中散"）有一次在灯下弹琴。忽然有个妖怪进屋，高一丈多，穿黑衣服，腰扎皮带。嵇康盯着妖怪看了一会儿，一口吹灭了灯，说："和你这样的妖怪同在灯光下，我真感到羞耻！"还有一次，他出门远行，走到离洛阳几十里的地方，住在月华亭里。有人告诉他，这里过去常杀人。嵇康为人潇洒豁达，一点也不怕。一更时，他在亭中弹琴，弹了好几个曲子，琴声悠扬动听。忽听到空中有人叫好，嵇康边弹边问："你是谁呀？"回答说："我是一个古代幽灵，死在这里，听你的琴弹得清新悠扬，我以前爱好琴，所以来欣赏。我生前没得到妥善的安葬，形象损毁了，不便现形和你见面。然而我十分喜欢你的琴艺。如果我现形，你不要害怕。你再弹几支曲子吧。"嵇康就又为鬼魂弹琴，鬼魂就合着琴声打拍子。嵇康说："夜已深了，你怎么还不现形见我？你的形象我不会在意的。"鬼魂就现了形，用手捂着自己的头说："听你弹琴，我感到心情舒畅，仿佛又复活了。"于是就和嵇康谈论琴艺方面的理论，谈得很有道理，并向嵇康要琴，自己弹了一首著名的古曲《广陵散》。嵇康要求鬼魂把这首曲子教给他，鬼魂就教了。嵇康过去曾学过，但远远不如鬼魂弹得好。鬼魂教完后，让嵇康发誓决不再教给别人。天亮时，鬼魂告别说："虽然我们只认识一夜，但友情可以胜过千年啊！现在我们永远分别了。"他们心里都十分悲伤。

秦　宝

汉高祖初进咸阳宫的时候，走遍所有的府库。库里的金玉珠宝，多得无法说全。最让他惊异的，有五支玉灯，此灯高七尺五寸，下面是一条蟠龙，用口衔灯。把灯点燃，蟠龙的鳞甲就全都会动，焕然闪光就像群星充满屋子。还有铜铸的十二个人，都三尺高，摆在一张席上。每人持一种乐器，或琴，或筑，或笙，或竽。个个华彩一身，就像活人。席下有两根铜管，上边的管口离地数尺，从席后伸出来。其中一根管是空的，一根管里装一根绳子，手指那么粗。让一个人吹空管，一个人扭动那绳子，就会琴、筑、笙、竽一齐鸣奏，和活人所奏的音乐没什么两样。玉琴长六尺，上边有十三根弦，二十六条系琴弦的绳子，全都用金、银、琉璃、玛瑙、玫瑰等宝物装饰而成，刻名叫作"玙璠之乐"。玉笛长二尺三寸,有六孔,吹奏起来就能出现车马山林,怪石嶙嶙。吹完也就不再出现。刻名叫"昭华之管"。有一面方形镜子,宽四尺,高五尺九寸,里外通明。人站在镜子前,影像就是倒的;用手捂着心来,就能看见肠胃五脏,清清楚楚,没有遮碍。体内有病的人,就捂着心口来,一定能知道病在什么部位。另外,女子有邪心,一照就胆胀心跳。秦始皇常用来照宫中美人,凡胆胀心跳的,就一律处死。汉高祖把这些宝物全都封存,等待项羽前来。项羽将这些宝物全都带走了。后来不知这些宝物哪里去了。

韦　氏

　　京兆人韦氏,是有名人家的女儿,嫁给武昌的孟氏。唐大历年末,孟氏与内弟韦生同时被朝廷选中,韦生被授扬子县尉,孟氏被授阆州录事参军,分别上路赴官。韦氏跟从丈夫到蜀地去,蜀道上不通车子,韦氏只好骑马。跟着丈夫走到骆谷口中,忽然马被惊,她掉到崖下几百丈深的地方。往下一望,黑幽幽的,没有人可以下去的道路。孟氏悲号,全家恸哭,就设供品祭奠,穿丧服戴孝,舍她而去。韦氏掉到大约几丈厚的枯烂树叶上,身上没有受伤。起初好像闷死过去,不一会儿就醒了。过了一天,她非常饥饿,就拿树叶裹上雪吃。往旁边一看,有一条崖缝,不知有多深。仰视掉下来的地方,像一口大井,按理说早该死了。她忽然从崖谷中看见有一点光亮像灯,后来渐渐变大,竟然是两点光亮。渐渐近了,这才看清,原来是龙眼睛。韦氏非常害怕,背着石壁而立。此龙渐渐出来,有五六丈长,到了洞穴边,腾起身来从孔中飞出去。顷刻间,又看见一双眼睛，又有一条龙想要出去。韦氏估计自己必死无疑，但是没有放弃求生的希望，于是等龙将要出去的时候，一下子就把龙抱住，跳到龙身上去。龙也没理会她，直接跃到洞穴之外，于是就飞于空中。韦氏不敢往下看，任龙愿意到哪儿就到哪儿。过了一阵儿，她觉得已经飞过万里，就睁眼往下看。这条龙渐渐飞得低了，又看到了江海和草木。她离地大约四五丈高，怕自己被龙背到江里去，就纵身跳下来，正好落到深草之上，好久之后才醒。韦氏已经三四天没吃东西了，气力渐渐疲乏，走路的速度极慢。遇上一位老渔翁，老渔翁惊讶她不是人。韦氏问渔翁这是什么地方。渔翁说是扬子县。韦氏暗自惊喜，说："这儿离县邑多远？"渔翁说二十里。韦氏详细地讲述了她的来由，又加上饥渴，老渔翁感到同情而又惊异。老渔翁的船上有茶粥，就给她吃。韦氏问道："这个县的韦少府到任没有？"渔翁说不知道。韦氏说："我就是韦少府的姐姐，如果你能把我载去，到了县府一定好好报答。"老渔翁把她载到县府门外。韦少府已经上任多日了。韦氏到门前，让衙役进去报告说孟家十三姐来了。韦生不信，说："十三姐跟着孟郎入蜀地去了，哪儿能忽然上这儿来！"韦氏让传话人详细地述说因由。韦生虽然吃惊，也没有深信。出来一看，他姐姐号哭起来，述说她的苦难遭遇，脸色憔悴，简直不可言状。于是韦生让她进屋休息，不久也就平复了。韦生始终有所怀疑。后几日，蜀中的凶信果然到了，韦生悲喜交加。他给了老渔翁二十千钱，派人把姐姐送往蜀地。孟氏悲欣交集。几十年后，韦氏的表弟裴纲还做洪州的高安尉，亲口讲述了这件事。

王植，新赣人。他有一次坐着船过襄江，当时已近傍晚，眺望着晚日对朋友朱寿说："这就是以前楚昭王获得萍实的地方，是孔子说童谣应验的地方。"朱寿说："别人认为童谣是偶然的，而孔子本人肯定是先知。"说完，二人发现有两个人从岸上下来。这两个人都穿青色衣服，手持芦杖，他们问王植："你从哪儿来？"王植说："我们是从新赣来的。"那两个人说："看样子你们俩都是书生，念什么书呢？"王植和朱寿说："我们读的是《诗经》和《礼记》。"那两个人笑着说："孔子说，他不说神怪；又说，敬鬼神而远之，为什么呢？"朱寿说："孔子是圣人。他不说神怪，是恐怕神怪扰惑了典教，他又说敬鬼神而远之，是为了警戒伦理纲常。他的本意在于教导人们奉行宗亲之孝。"那两个人说："好！"又说："你信吗？"朱寿回答说："是的。"那两个人说："我们其实不是鬼神，也不是人类。今天偶然和你们交谈，是上天让我们这样做的。"他们又对王植说："明天有两个人来，一个叫李环，一个叫戴政，都是做买卖的，以获利剥削万民，贪得无厌。上天讨厌他们，想要在三天之内惩办他们的罪行。你们不要在这儿停船了，千万记住！"说完两个人没入江中。朱寿、王植深感惊异，不知道这是什么鬼怪。到了天亮，王植对朱寿说："有这种不吉祥的事，咱们还是早点把船弄得远远的吧。"就把船撑到上游五百多步的地方。拴住船以后，就有十几条大船从上流到来，果然停在王植和朱寿之前停船的地方。王植说："现在就可以去详细问问，一定要知道他们的姓名。"于是朱寿就过去打听。果然是两个商人，他们的姓名果然像那两个人说的一样。朱寿吃惊地说："看来那两人没说错。"于是他对王植说："那阴间也厌恶不行善的人，今天我才相信了！"王植说："所谓'幽明'，就是因为幽中有神而神自明，为什么不信呢？"当时是晋恭帝元熙元年（304）七月。八日至十日，果然有一场大风暴雨，两个商人同时溺水而死。王植刚听到那两个人说的时候，私下告诉了一些人。等到出事的时候，来看的一共有好几百人。其中有一个叫耿谭的，已经七十岁，平素熟知本地的事情。他对王植说："这水里边有两条很像青蛇的蛟，都一丈多长，常常出现在水波之中，也时常变化成人游览洲渚，但是也不怎么伤害东西。你看到的那两个穿青衣的人，恐怕就是这两条蛟有灵，奉上天的命令而做的。"

麻　姑

　　汉孝桓帝时，有个神仙叫王远，字方平，降临到蔡经家。将要来到的时候，听到金鼓箫管人马的声音，蔡经全家人都看见王远戴着远游冠，穿着红色衣服，腰挂虎头鞶囊，佩着五色绶带，带着剑，胡须少而黄，是个中等身形的人。他乘着有羽毛的车，驾着五条龙，龙的颜色各异，旗幡招展，前导后从，威仪鲜明，像个大将军。吹鼓手都乘坐麒麟，他们从天而降，在蔡经家的院子上空悬空聚集，跟从的官员都一丈多高，不从路上走。到了以后，跟从的官员都隐去，不知在哪儿，只看见王远与蔡经的父母兄弟相见。王远独坐很久，就令人去拜访麻姑。蔡经家里的人也不知麻姑是什么人。王远教使者说："王方平敬告麻姑，我很久不在人间，今天在此停留，想和麻姑叙话，不知道她能来吗？"

过了一会儿，使者回来了。人们看不见使者，只听他报告说：
"麻姑再拜，一晃已经五百多年没有见面了，但尊卑有序，
敬奉没有机会，麻烦你派使者到我这里。我先已受命，说
巡查蓬莱，现在就去，如此当回还，回来后就亲自去拜见。"
如此两个时辰，麻姑来了。来时人们也是先听到人马箫鼓
的声音。到达以后，看到她的随从官员比王远少一半。麻
姑到时，蔡经全家也都看到了。麻姑是个美丽的女子，年
纪在十八九岁左右，在头顶当中梳了一个发髻，其余的头
发都垂到腰际。她的衣服有花纹，却不是锦缎，光彩耀眼，
不可用语言形容。麻姑进去拜见王远，王远也为她起立。
坐下以后，王远召人端进饮食，都是金盘玉杯，饭菜多半
是各种花果，香气传到室内外。切开干肉传给大家吃，这
干肉的味道像是炙烤过的貊脯，仙人说是麒麟脯。麻姑说道：
"我从认识您以来，已经看到东海三次变为桑田了。刚才
到蓬莱，海水又比往昔聚会时缩减一半。难道将要再变回
山陵陆地吗？"王远笑着说："圣人都说海中又要尘土飞扬
了。"麻姑想要见一见蔡经的母亲和妇人侄女，当时蔡经
弟弟的媳妇刚生孩子几十天，麻姑望了望就知道了，她说：
"唉！暂且停步不必前来。"就要了一点点米。麻姑接到
米就把它撒掷在地上，一看那些米，全变成珍珠了。王远
笑着说："麻姑依旧年轻，我老了。一点也不喜欢再做这
种狡狯欺诈的变化了。"王远告诉蔡经的家人说："我想
要赏给你们这些人喝酒。这种酒乃是天厨酿出，它的味道
醇厚，不适宜世人饮用，喝了它或许烂肠。今天是用水调
和它，你们不要责怪。"他就拿一升酒兑入一斗水搅拌了
起来，赐给蔡经家人，让每人喝一升。过了很久，酒喝光了，
王远告诉左右的人说："不值得到远处去取，拿一千个大

钱给余杭姥，求她打酒。"不一会儿，使者回来了，买到一油囊酒，有五斗左右。信使转述余杭姥的答话说："只恐怕地上的酒不适合您喝。"另外，麻姑有鸟爪被蔡经看到了，他就在心里默念说："脊背大痒时，能得此爪来抓痒，应该很舒服。"王远已经知道蔡经心中想什么，就派人把蔡经拉走用鞭子抽打。对他说："麻姑是神人，你怎么想用麻姑的爪抓痒呢？"只见鞭子落在蔡经的背上，也不见拿鞭子的人。王远告诉蔡经说："我的鞭打也不是随便可以得到的。"第二天，王远又把一张符传授给蔡经的邻人陈尉，这张符能檄召鬼魔，救人治病。蔡经也获得了解脱之道，经常跟随王君游山海。有时偶尔回家，王君也有信捎给陈尉，多是篆文，有的是楷字，字写得松散而且大，陈尉家里世世代代把它当作宝贝。那次宴会完毕，王远、麻姑升天而去，箫鼓导从像当初来时一样。

南阳士人

　　近世，有一个人寓居在南阳山中，忽然得了个热病，十来天没治好。当时是夏季的夜晚，月色明亮。他暂时仰卧在院子里休息，忽然听到敲门声。仔细听了听，忽然又像是做梦，家里人却没有听到。但是在恍惚之中，他不知不觉起来看了看。有一个人隔着门说："你应该变成虎，现有公文在此。"这个人十分惊异，不知不觉就伸手把文牒接了过来。他看到送文牒人的手是虎爪。送文牒的走后，他打开文牒一看，在空纸上排列了一些图章罢了。他心里特别厌恶，把文牒放在座席下，又睡。第二天早晨还略微记得，就对家里人说了。到席下去找文牒，文牒还在。他更觉得奇怪。病似乎已经好了。他忽然想出门走走，就拿着手杖悠闲地走出来，儿子们谁也没跟出来。走了一里多路，来到山下的涧边，沿涧而行，忽然在水中看到自己的影子，头已经变成虎头，手脚变成了虎爪，而且特别清楚。他估计自己回家之后，一定会惊吓着妻儿们，只好怀着愤恨与耻辱，顺着路走进山中。过了一天，家里人不知他到哪里去了，四处找他。邻居们都认为他被虎狼吃了，一家人号哭不已。此人变成虎，进山两天，觉得饥饿，忽然在水边蹲下，看到了水中的蝌蚪，心里想，曾经听说老虎也吃泥，于是就捧蝌蚪吃，觉得挺有味道。他又慢慢往前走，看到一只野兔，就去捉它，立即就捉到了，就吃了。他觉得自己的身体变得轻捷有力了。白天，他就在深草丛中趴伏着，夜里，他就出去找食吃。也多次捉到过獐子、兔子什么的。于是他就有了害物的想法。忽然找到一棵树，见树上有一位采桑的妇人。他在草丛里望着，心里想："我听说老虎都吃人。"他就试探着去捉那妇人，果然捉到了，就把她吃了，觉得味道甘美。他常常在临近小路的地方，等待路过的人。一天傍晚，有一个人扛着柴走过去，他就想上去捕捉，忽然听到后边有人说："不要动！"忙回头一看，看到一位须眉皆白的老人。他知道老人是神。他虽然变成虎，但他还想家。于是他向老人哀求。老人说："你被天神驱使变成这种身形，现在要走向捕捉野兽的网上，就能够恢复人的身形。如果杀了这个扛柴的人，就永远变不了了。你明天应该吃一个王评事，然后能就恢复人身。"说完，老人就不见了。这只老虎便又藏在草丛中偷偷地走，到了第二天的晚上，来到官路附近等候。听到铃声，他便藏进草丛里。他听到空中有两个人对话。一个问："这是谁的角驮？"另一个回答："王评事的角驮。"又问："王评事在哪儿？"又答："在城外，县官送他，酒宴刚散。"这只老虎听了，还是沿着路等着。一更天以后，当时有微弱的月光，他听到人马走路的声音。空中又有人说："王评事来了。"顷刻，见有一个人穿着红衣服骑在马上，喝得半醉，能有四十多岁。前后有几个随从。离得还挺远，老虎就跑过去把王评事从马上逮下来，拖到深榛棵子吃了。他的随从四散逃跑。老虎吃完了，心里稍感到清醒，回想起回家的路还有一百多里，就开始往回走。又来到涧边，一照，他的身体已经又变为人形了。于是就回到家里。家里人非常惊奇。他失踪七八个月的时间了。他说的话颠三倒四，语无伦次，好像一个喝醉了的人。渐渐地，他可以吃下些粥食。一个多月之后他恢复正常。五六年以后，他到陈许的长葛县游览。当时县令的宴席上，有三十多位客人在座。宴席主人就说起了人会变化的事，说："牛会伤心等等说法，大多是荒唐的说法。"这个人便陈述了自己变虎的事，来说明人会变化并不荒唐。主人特别惊异。因为主人就是王评事的儿子。他自己说他的父亲被虎害死。今天遇上杀父仇人，于是就把仇人杀死。官员们听说事实以后，没有追究。

书 目